大方
sight

辛丑故事集

弋舟 著

中信出版集团｜北京

图书在版编目（CIP）数据

辛丑故事集 / 弋舟著 . —北京：中信出版社，
2022.8
ISBN 978-7-5217-4200-8

I.①辛… II.①弋… III.①短篇小说—小说集—中
国—当代 IV.① I247.7

中国版本图书馆 CIP 数据核字（2022）第 055740 号

辛丑故事集
著者： 弋 舟
出版发行：中信出版集团股份有限公司
（北京市朝阳区惠新东街甲 4 号富盛大厦 2 座 邮编 100029）
承印者： 浙江新华数码印务有限公司

开本：787mm×1092mm 1/32 印张：5.75 字数：84 千字
版次：2022 年 8 月第 1 版 印次：2022 年 8 月第 1 次印刷
书号：ISBN 978-7-5217-4200-8
定价：58.00 元

献 给 20 年 代

致谢《小说界》《T（中文版）》《花城》《天涯》《收获》《钟山》《十月》《作家》《小说选刊》《小说月报》《新华文摘》《长江文艺·好小说》，这本集子里的文字次第在这些刊物上出现过。谢谢李音与我的对谈，她对疾病的隐喻做出的有力阐释，至今对我还有着宝贵的启迪。谢谢画家杜元的慷慨，他的画作亦是对这本小书重要的加持。

目 录

代序：

当女人以某种方式朝你张望

1

经过艰难的压缩，我才确定了这个题目。

也许，它完整的表述应该是：当一个女人站立着，将手搭在桌子上以某种方式朝你张望，这就是一个事件。

不，也许这还嫌不够，我不如整段将其摘录下来：

> 人物除了决定事件还会做什么？事件若非阐释人物又会做什么？一部影片也好，一部小说也罢，如若不是关乎人物又会成为何物？我们还能从中寻找并发现其他什么东西吗？当一个女人站立着，将手搭在桌子上以某种方式朝你张望，这就是一个事件；假如这不算一个事件，我认为很难说它还会是什么。

——这是亨利·詹姆斯在《小说艺术》中对"人物小说"与"事件小说"做出的有力阐释。

一目了然，我没法将这一大段高论用来做文章的标题。

通观这段话，詹姆斯罗列了"影片"与"小说"，很不幸，他没有言及"画作"。显然，以《小说艺术》之名，他集中火力阐发的对象，是包括电影在内的"叙事艺术"。更为不幸的是，我接到的这份作业，命题是"寻求文学创作与绘画的一种通感""由画作出发，谈谈文学特别是短篇小说的创作"。

要感谢《小说界》对我的信任，将这难写的作业布置给了我。大约与曾经所学的专业有关，同样的作业，许多年来，我需要无数次地给出答案——说一说吧，绘画对你的写作产生了怎样的影响？

如实说，我无从作答。

我知道，提问者大多已然有了定见，至少，明里暗里，大家不约而同地都提到了"通感"。这当然是没错的，所谓"通感"，正是"把不同感官的感觉沟通起来，借联想引起感觉转移"——这是教科书上的标准答案。那么，将一个学过画画、又写起小说的人放在这样的问题下捶打，就是活该，无论如何，这两者之间看起来的确形迹可疑，有着重大的关联理由。

可是，一个铁匠写起了小说，以"通感"之名向其发问可以吗？一个裁缝或者渔夫呢？结论铁定是：能，无所不能！无论任何人，从既有的经验出发写起了小说，我们都能在"通感"的名义下做出几近破案式的关联。

这似乎有些荒谬，却也部分地道出了"神奇"。我的难度在于，将这"神奇"的冠冕，戴在什么事物的头上？是艺术神奇，还是原本这人间便神奇、这万物便神奇？想一想吧，所有的事物都统摄于神奇之下，神奇地相互关联与映照，互为嫌疑。几近无限的答案就形同没有了答案，于是，我无从作答，无从将所有人的经验垄断为"一个学过画画的人"才有的一己经验，就仿佛，一个铁匠淬火的瞬间，无权与文学电光石火地互证。

在这个意义上，詹姆斯的"叙事艺术"将绘画排斥于外，便显得狭隘了。但是，我们能够批判他的狭隘吗？难道真的想让他拆掉所有边界，继而必然地放弃一切有效的阐释吗？

2

现在，随作业而来，这幅画摆在了我的眼前——胡安·米罗的《女人，小鸟，星星》。

还好还好，所幸，是米罗——这个热爱大自然的巴塞罗那的汉子，这个将夜空中的繁星变成了永恒符号的"星星王子"，这个鲜艳、轻快的情欲的崇拜者。他不仅是我所喜爱的，更是"易于"拿来做这篇作业的。

想一想吧，如果给我的是一幅《最后的晚餐》，将会怎样？

不，我不是在说达·芬奇不足以用来"通感"短篇小说的写作，而是说，记名在"超现实主义"门下的米罗，原来在我的潜意识中，要比"古典主义"更为切近我对短篇小说这门艺术的体认。

对此，詹姆斯将作何感想？难道《最后的晚餐》不是也非常抵近他"人物除了决定事件还会做什么？事件若非阐释人物又会做什么"的宏论吗？然而，身在"现代"，面对《女人，小鸟，星星》这样的作品，世界抽象为色块与线条时，他的确难以指认事件安在、人物何如。万难之下，他干脆明智地割舍了"绘画"——现代绘画。

诚然，詹姆斯之难，本是"现代之难"。那个曾经被给定了的、稳固的世界，那个如耶稣与自己门徒的故事一般，将隐喻都彰显出明喻的人间，坍塌、破碎了，只在，也似乎只能在被画框聚拢的空间里表达与呈现——其内容是拒绝阐释的，乃至是弥散的，只是因了"有框"，才赐予了一些可供我们讨论的余地。

这个"有框"，是限定，是束缚，却差强人意，部分地表达或者触摸到了我们已经难以确凿企及的无限。

那么好了，我终于摸到了作业的"题眼"——"有框"，即是我对"短篇小说"的理解，可以"由画作出发，谈谈文学特别是短篇小说的创作"了。

3

长篇小说"没框"吗？显然，《最后的晚餐》也是被框定了的，但是，它们在一种古典精神的恩泽下，如同詹姆斯所言的那样，都在"人物"与"事件"的护佑下，令人心安地解释着可被解释的世界，这种"解释"与"被解释"，赋予了它们堪称无限的权力，如同说明书一般，自有权威性的尊严。

而短篇小说来到了现代，如同这幅《女人，小鸟，星星》，全然地失却了"人物"与"事件"，只将"有待解释"坦白了出来，仿佛待审的嫌疑人，天然地"有罪"，嗫嚅着等待世界给予一份理解的同情和同情的理解。这种姿态，即为"有框"。

将《最后的晚餐》边框砸碎，大概率地，它仍然会被普遍地珍视；将《女人，小鸟，星星》的边框砸碎呢？它从殿堂跌落进垃圾堆，恐怕，并非一个不能想象的结局——它需要"有框"的护佑，从形式上，给它一个威严的"圈养"，而这仁慈的"保护"，更为依赖精神与审美双重的跃升，也更加地令人唏嘘、喟叹。

不，这当然不是米罗之殇，毋宁说，是米罗、《女人，小鸟，星星》与好的短篇小说替我们分摊了现代之殇。原来，回到文学的现场，如今我们已经多么地依赖"有框"。想一想吧，现代以降，有多少名篇，如果失掉了"短篇小说"的名义，会遭受怎样的命运？

假如，从那种詹姆斯的论据里，以"人物"与

"事件"一目了然地"寻求文学创作与绘画的一种通感"为方法，面对《女人，小鸟，星星》这样的作品已经失效的话，今天，我们就需要张开更加细密的触角、发展更加幽微的通感，来策动自己写作的笔了。

仅仅依赖画面中大面积的色块来寻找灵感是不够的了，仅仅依赖扭曲的线条来谋求共鸣也是不够的了——尽管，我们富有教养的眼睛依然能从中顽固地看出所谓的"韵律"与"情绪"。我们需要的，迫切需要的，而且还几乎是不要也不行的，是那个现代的、不安的灵魂。

人物除了决定事件还会做什么？事件若非阐释人物又会做什么？——那么，一旦人物与事件均告阙如，我们还能做些什么？理解了这样的困难，或许，我们才会有一个宝贵的"通感"若隐若现地升起，在"短篇小说"这种"文学中第二纯粹的文学形式"（大卫·米切尔）的庇护下，释放出自己都全然未知的才华。

4

詹姆斯还是了不起的。当世界已经难以完整地

"叙事"，当现代的他挣扎在"前现代"的理论困局中时，依然捕捉到了——

> 当一个女人站立着，将手搭在桌子上以某种方式朝你张望，这就是一个事件。

多么美妙，又多么具有说服力。更为关键的是，这个句子多么能够打动人。在我看来，这个句子足以"通感"一切的"通感"，它的力量所在，正是——没有道理可讲。

如果它有逻辑的话，句中的"女人"便可以是米罗画中的"女人"，"桌子"便可以是米罗画中的"小鸟"，而"某种方式朝你张望"，就是米罗画中的"星星"。这一切以"站立""将手搭在"的方式，以蓝色、红色、黑色的块面，排布为"一个事件"。

最终，我们在现代，给这个事件取了个名字，曰《女人，小鸟，星星》，一如我们写下了一堆文字，交给了《小说界》，以短篇小说之"框"，表达给了世界一个"有待解释"的盼望。

我说清楚了吗？我唯一知道的是，我说得越多，只会越说不清楚。

———

不如就去张望吧，
张望这画里的女人以某种方式对你的张望，
一直将其张望成一个短篇小说，
一个事件。

2022 年 1 月 7 日
辛丑腊月初五
疫中香都东岸

辛丑故事集

敲开千禧年的最后一声钟声

落脚在这家小旅馆时，他唯一的念头便是迅速地睡一觉。他意识到自己出了问题，身心都不大对头，而这些，只有靠睡一觉才能得到解决。

　　进了房间，他径直走到床边，同时也径直走进了梦中。

　　在梦中，一个光着身子的家伙水淋淋地从卫生间里蹦出来，嘴里还吹着口哨，一眼看到睡在床上的他，吓得迅速用手护住了自己的下身。而他，在梦中看到自己和衣横卧在床上，口水濡湿了一大片床单。光着身子的家伙从最初的惊吓中缓过神来后，便好奇地打量起他，定睛观察着他这个酣睡者，依然用手捂着身体的重要部位。渐渐地，光着的家伙恍然大悟了，这个闯入者不过是一位新来的同房客人，于是便释然地重新吹起了口哨，一边吹，一边小心翼翼地靠近他。他看到这个家伙向着梦中的自己做出了一个无耻的动作：这家伙来到了他的床头，谨慎地站了一会儿，然后警觉地回头张望了一下，接着，捂在下身的两只手突然亮开，用力将露出的那根家伙甩动了一下。随着摆动，水珠抖在了他的脸上。

他像遭到了棒喝，直挺挺地弹了起来，木讷地对视着眼前这个卑鄙的家伙。他还不能清晰地分辨出梦境与现实的边界，只有死盯着对方，同时一点一点努力蓄积着意识。

这个家伙当然是被吓坏了，显然没有料到他会突然翻身坐了起来，像一个女人般地惊呼了一声，双手再次飞快地捂住了胯下，同时过犹不及地扭过半个身子，把大半个嶙峋的屁股对在了他的眼前。

"你睡错床了，"这家伙扭捏地说，"那张，左边那张，那张是你的床。"

他怔忪地看看握在自己手里的钥匙牌，想要表达的只是：这个双人间的床铺分配，应当并没有明确的左右之别。

这个家伙很聪明，居然看懂了他的意思，有些害羞地说："不好意思，其实睡哪张都无所谓的，只是，这张我已经躺过了，喏，你瞧——"

这家伙让他瞧的，是撂在这张床头上的一双袜子。

他扫了一眼那双具有说服力的袜子，二话不说，爬起来走向了自己那张指定的床。然后他便倒头睡下了。但是意识再也无法走进纯粹的睡眠，他始终摇摆在半梦半醒的昏沉之中。对于和自己同屋的这个家伙，他怀着一种只有在梦中才会有的古怪情绪，他很想揍这个家伙一顿，同时又对其怀有某种无端的好感，乃至于希望能够与其并肩躺在一张床上。

"其实睡哪张都无所谓的，"这个家伙再次强调，似乎有些内疚，试探道，"要不，你还睡这张？我睡哪张都无所谓的……"

他有气无力地摆摆手。

这个家伙还是不太放心，一边唠叨着"睡哪张都无所谓的"，一边开始翻一只黑色的旅行包，后来翻出了要找的东西，将那把剃须刀冲他比画了一下，一蹦三跳地跑回了卫生间。没一会儿，传来哗哗的水声。他觉得自己现在的状态很辛苦，因为他实在区分不出自己是否真的睡着了。疲倦的神经偏执地紧绷着，麻痹却又亢奋，竭力想要说服自己的确已经长眠不醒。当他依稀觉得有了一点睡着了的意思时，听到那个家伙在卫生间里喊：

"真的，你想睡哪张都可以。"

那点儿"睡着了"的意思一扫而光。他恍惚地想——此刻，如果自己能够甄别出清醒与昏睡之间那道美妙的界限，时光就会倒转，他将会重新坐在既往那貌似可被理解的生活里了。

手机铃声突然响起来，他迟钝地倾听着，认为这应当是从梦中打向现实的一个电话，反之亦然。

"帮忙接一下！"卫生间里的家伙尖利地叫了一声。

他激灵着睁开了眼睛。两张床之间的矮柜上有一只手机。

"我老婆的，帮忙接一下！就说我在洗澡——老王在洗澡！"

他机械地盯着那部手机，喃喃地重复道："老王在洗澡。"

手机铃声居然应声停止了。他已经将它握在了手里，它突然安静下来，让他有些不知所措。那个时代，我们的手机都形如板砖。他看着这块笨重的玩意儿，心中生出一个愿望。他定定神，用这只手机拨通了父亲家的电话。对方接听的速度令他措手不及，好像号还没揿完那边就有人应声。父亲闷闷不乐地"喂"了一声。

他压低声音说:"爸,是我。"

父亲一点惊讶的意思都没有:"我知道是你,我正在给你写信,你电话就打来了,我不想和你说话的,我想写信可以心平气和一些。"

他说:"爸,你不要生气。"

父亲马上说:"不要生气,我为什么不生气?你们这样不行的,不行的!生活不是你们这样子的!"

父亲的声音真的太大了,他不安地捂住手机,同时回头看看卫生间:"嘘——爸,你不要生气,我想回去看看你。"

"你不要来看我,不要来!"父亲拒绝道,"你要来见我,等生活真的上了轨道再来,我也不要求你衣锦还乡,起码一切正常了可以吧,可以吧?"

他窄着嗓子说:"爸,我没什么不正常。"

他还想补充些什么,比如,列举一些"正常"的依据,听到手机里父亲的声音突然有了哭腔。父亲在手机里哭着说:"过了今晚,我们都是活过两个一千年的人了,明天死了也没什么亏的,也够了,也——

够——了！"

洗澡的家伙出来了，一边用一块大毛巾揉搓湿漉漉的脑袋，一边狐疑地盯着矮柜上自己的手机，问道："你不冲一冲吗？水还不错。"

他闭着眼睛摇摇头，感觉眼皮已经快要关不住泪水了。

"还是冲一下咯，"这个叫作"老王"的家伙热情洋溢地说，"我看还是冲一下的好，出门在外是不需要太讲究，可是今天不同啊，毕竟，明天是新千年的头一天嘛！"

他睁开眼睛，空洞地看看对方。

"老弟，还是冲一下，冲一下。"老王冲着他打着鼓励的手势，"老王我常年在外面跑供销，也是脏惯了的，可是今天我就要冲一冲，一定要冲一冲的。"

他觉得自己被说动了，于是从床上下来。

热情的老王却大叫一声："就在这里脱！"

他怔怔地看着这个老王。

"卫生间没地方挂衣服，就在这里脱就在这里脱。"

他坐回床上，开始一件一件地脱衣服。老王依靠在自己的床上，点着一支烟，饶有兴致地打量着，直到他一丝不挂地站起来后，才不好意思地用被子遮了遮自己的身子。

卫生间很小，一只抽水马桶几乎占满了空间，他站到蓬头下，脚就被马桶限制住。热水当头喷射下来时，他忍不住呻吟了一声。

老王在外面问："怎么样，水还不错吧？"

他搪塞地哼哼了两声。他的脑子完全被自己的身体占据了，疼痛如此绵长，醇厚到了一种让人享受的地步。

老王在外面追问："舒服吧？冲一下舒服吧？"

他抹了一把额上被水冲下的头发，暴躁地说："舒服什么？一般嘛！"

后来，当他赤裸裸地坐在老王对面时，突然觉得难堪起来。他觉得自己暴露出的那只左脚实在太丑陋了——皮肤光而薄脆，像是裹了一层塑料物质的袜靴。他的心里因为这种难堪而涌起一股奇怪的懊丧。是什么让自己在深夜来到了这个小旅馆呢？在他看来，这种清晰的困惑并不比身陷梦境更令人宽慰。

"很难看吧？"他解释道，"嗯，它受过伤，被砸扁过，刚刚恢复不久，还不太像只脚……"

老王对这只脚并无兴趣，直愣愣地望着他，视野是一种纵览性质的，并不局限在一只脚上。他被看得不安起来，同时当然也不满起来，于是索性摆出一个大马金刀的姿势，挑衅般地面对着老王。直到对方发出了轻微的鼾声，他才发觉，天呐，这是一个睁着眼睛睡觉的家伙！

他熄了灯。很快身边就传来了老王的梦话，有种咏叹调的味道，其间夹着几声减压般的深深的叹息："舒服——啊，舒服。"

他竭力克制着自己的厌恶情绪，左脚拼命地缩着。但不堪的感觉非常顽固，经过了漫长的忍耐，他终于还是难以自持了。他在黑暗中摸索到那只手机，拨通后，很久没人接听。一声声忙音让他一下一下地泄气，肚子里的话一点点流逝，当他几乎完全丧失勇气时，电话里传来了父亲的声音。

"谁？"

父亲好像从睡眠中醒来，声音沉浊，仿佛刚才根本没有那样激情澎湃地和儿子通过电话。

他闭着眼睛，努力令自己的声音显得不带有父亲鄙视的那种"油腔滑调"。他用家乡话（这样应该显得朴素一些）以一种请教的口吻小声说道："爸爸，为什么你会觉得我不正常呢？你看，我会饿，会困，知冷知热，难道不是吗？那么，你为什么就不能相信，我只是一个有点孤独，但绝对正常的人？"

老王在梦中说："舒服——啊，舒服。"

他跳起来，揿开灯。老王惊醒，两只手恐惧地抱在胸前，当看到他手里攥着自己的手机时，立刻生出一副气愤的表情。与此同时，一声巨大的轰鸣从天而降。它像一声迟缓的奔雷，从遥远的地方滚滚而来，因为突兀，所以显得凋敝。小旅馆房间里邂逅的两个男人吃惊地互相望着。

好半天，老王才战战兢兢地问："地震了？"

他站在光里，深深地吸口气，用一种得救般如释重负的口吻，字正腔圆地说："不，这是敲开千禧年的最后一声钟声。"

2021 年 3 月 2 日

辛丑正月十九

香都东岸

辛丑故事集

化 学

迈开双腿，走进凌晨的夜晚，她自己都觉得这挺荒唐，像是一个即将起跑却对赛事忽生厌倦的选手。还不完全是厌倦，是那种对所为之事的意义产生了怀疑之后，滑稽而虚无的感觉。套上专门买来用以运动的鞋子，围上一条薄围巾，她怀着近乎自我嘲弄的心情出了门。

　　这一带算是城市边缘了，如今却也高楼林立。夜色中，黢黑的楼影竟有一番纪念碑般肃穆的气派。除了夜深人静，入住率不高肯定也是一个因素，只有零星灯火从个别楼宇的窗口透出，置于整体背景之中，让夜空显得更加寂寥。一辆接着一辆，道路两边停满了私家车，它们停靠得规矩极了，也安静极了，让料峭的空气浮动着一股被人为规定后的秩序感。世界像是被洗劫过。时空如果就此停滞，那么一千年后的废墟就该是此刻的景象吧。

顺着略有坡度的路基快走，她觉得浑身都被双腿带动出了运动感。脚下的鞋子弹力十足，每一步，都反馈出令人跃跃欲试的动能。此刻，这种被称之为"爆米花"的鞋底材料，勾起了她顽固的职业癖。端环氧基聚氨酯——作为一个化学家，她在心中给出了准确的专业术语。

穿过十字路口，马路对面就是那座运动公园隆起的山坡。走到坡下，她停住了脚步，适当地活动了一下脚腕，又用双手揉了揉膝盖。隔着裤子，她能感到两只膝盖的冰凉，或者，是冰凉的膝盖反衬出了双手的温暖。发光，发热，变色，生成沉淀物，膝盖与手掌之间发生了一次化学反应——而判断一个化学反应的依据是，这个反应是否生成了新的物质……如此拗口的概念，对于她却是习与性成，当她意识到后，不禁又回到了自嘲的心情里。根据化学键理论，又可根据一个变化过程是否有旧键的断裂和新键的生成来判断其是否为化学反应……她一边搓着手，一边强迫自己赶走了脑袋里残余的专业本能。

有夜航的飞机轰鸣着低空飞过。植物弥漫着凌冽的气息，更像是一种薄凉的气温。

稍微费力地攀登了一小段路，她终于踏上了那条环山铺就的塑胶跑道。山势当然不会很陡，应该是用周围小区挖掘地基时的余土堆筑而起的。这样一个微不足道的隆起，却让平铺直叙的地势有了一些起伏的崎岖。离婚后，她选择在这里购房住下，正是因为中意这座运动公园人造的小山。快步走在塑胶跑道上，走在鞋底与跑道化学成就的共同作用上，她多少有些怀疑自己的行为是否真的能够达成目的。

她正在有计划地减肥。尽管，她不过一百一十斤左右。每天走一万步，是计划中的项目。新的一天，她的日程已经排满，于是，她只有在凌晨时分提前兑现这一万步。一天尚未开始，却已经严格地预支了句号。在化学工业的加持下，世界变得轻易了，如果没有一双"爆米花"鞋底的鞋子和一条塑胶跑道，她不知道自己是否还会有勇气跑上深夜的山坡。

跑道一侧有路灯，间隔大约五十米，掩映在葱郁的树木间。环境显得有些森然。快步走过两根灯柱后，缓慢向上延伸的跑道边，有个女孩的侧影进入了她的视野。尽管坡度不大，但她仍然觉得自己是仰望过去的。一个正在与人拥吻着的女孩——她减慢了步伐，分析着眼前的状况。将对方定义为"女孩"，不过是下意识的直觉吧：介于明暗之间，她看到的是对方裙子下裸露的双腿，它们交叉着，分散了身体的重力，承重较轻的那条腿略微向后，呈现一种将要未要扬起的态势。被灯光更多打亮着的，正是这样的一个态势，而这个聚光灯下堪称耀眼的态势，反映在她的直觉里，就是年轻的依据。一个在深夜的公园与人热烈拥吻着的年轻女孩；但女孩的同伴完全隐没在婆娑的阴影与树丛之后。

意识到自己的迟疑时，她已经走到了女孩的身后。她只好跑了起来，发现自己略感慌乱，却并不完全是基于害怕，更多地，是出自某种抱歉一般的情绪。她感到自己打扰了他人，同时，羞涩、尴尬、紧张，也许还有一点点被撩拨起来的兴奋，都借着"抱歉"的感受一同涌来。这番感受成为了驱使她跑起来的动力。

跑步并不是她减肥计划中的选项。她只打算每天快走一万步，因为她的年龄似乎已经不太适宜跑步了——据说到了她这样的年龄，不正确的运动，只会加重膝盖的损伤。她四十五岁了。

跑过去总比走过去更像回事吧？她一边跑一边想，这样不是更接近一个正当的夜练者的形象吗？面对自己所撞到的一幕，走过去，太像是一个下流的偷窥者了。但跑总是要比走辛苦的，她感到了自己的身体并不适应这不期而至的跑动，两腿与心肺都承受了额外的负担。同时，她也感到了些微的激情。

她熟悉这条山坡上的跑道，快走五圈，能让她完成一万步的指标。那么跑呢？这里面有着相对复杂的换算，严谨一些，除了化学，大概还需要数学与物理的介入。激动起来的她无暇深思，此刻，跑步更像是一个难以换算的精神现象。

将要跑满一圈的时候，她觉得自己快不行了，无论精神还是肉体。她任由自己发出深重的喘息，一方面，是由于无法自控，一方面，也是有意要发出提醒。她想，也许对方已经结束了吧，她都跑了一圈了，因为艰难，所以时间都显得漫长——有谁能如此漫长地接吻呢？但她仍然看到了之前的那一幕。远远地，她停了下来，双手撑在大腿面上弯腰喘息。女孩还在投入地吻着，只是身姿比之前更加前倾，显得愈发富有强度，辉光流泻的双腿在路灯下熠熠闪亮。她分不清耳边的喘息究竟是出自对方还是自己，或者，是整个夜空都在发出深重的呼吸。

她生出了原路返回的念头。返回去，冲个热水澡，回到离婚后独居的家中，回到不减肥也不用担心膝盖的日子，回到化学的世界里。女孩全情投入，仿佛竭尽全力拥吻着一个庞大的未知，在与某种莫须有的事物对抗与角力，带着青春的勇力，忘情地行使着神圣的特权。她直起了腰，脑袋里回响着一个句子：年轻，并且有两条腿。

年轻，并且有两条腿。

这句话，是她小时候从一本外国小说中读到的——一个装着假腿的老海盗，如此给自己气馁的年轻同伙打气。这句话有股神奇的效力，以年轻和两条腿，构成了不容辩驳的说服力，仿佛只消两者兼备便无往不胜，足以傲视一切风雨，视人间为天堂。离婚时，这句话曾对她有效过，离婚后，她起意减肥，也是这句话起了作用。下意识里，有两条腿，于她而言就是一个年轻的反证。那么，迈开腿就是了。

她以一种"有两条腿"的、沉着而坚定的步伐重新跑了起来。途经那闪亮的双腿与黑暗中年轻的激情，她目不斜视，仿佛心有旁骛便是对人格的玷污。

这一圈她跑得更加费力了。途中，她不得不在一块刻有"道法自然"的石头上坐了一会儿，心思里又一次打起了退堂鼓；但有股无法说明的动力还是驱使她继续跑了起来，或者说，是某种欲望在更为有力地敦促她。

适应后的夜色变得没那么浓重了，发出剔透的深蓝色，有如一种质地喑哑的光芒。前方跑道边清晰地蹲着那个女孩，两腿完全掩藏在裙子下了，身旁依旧看不到同伴的影子。她徐徐跑过，视若无睹，"爆米花"鞋底与塑胶跑道摩擦出沙沙的声音。她觉得自己还听到了遏抑的抽泣。

又有飞机低空飞过。这昼夜不息的人间。

跑过几十米的距离，阒寂的弯道上出现了一个人的背影，同样有着两条夺目的腿，只不过穿着深色的牛仔短裤。是一个女孩——这个判断令她无端讶异。随着距离愈来愈近，女孩匀称而紧致的双腿像是一个命题，或者像一个复杂的化学实验，开列在她面前。

解题一般，女孩蓦尔转身向她迎面走来。她无法正视，只见女孩留着蓬松的短发，脖子因而显得格外顾长，如同又一条闪光的大腿。她和女孩擦身而过，彼此之间隐约有一个对视。她在慢跑，女孩在快走，她在上坡，女孩在下坡；跑与走的步幅相差无几，坡度也微不足道，但却分明是两股力量的相遇。她能够感到女孩步履艰难——是要回到同伴的身边吧？她不由得思忖，随即感到了些许的羞耻，像是萌生了不体面的邪念。

眼睛适应了夜色，身体也似乎渐渐适应了跑动，她力求自己心神澄明。"爆米花"是一种工业聚氨酯弹性体材料，经过加压加热预处理后，每颗TPU粒子像爆米花一样膨胀起来，在这个过程中，原来0.5毫米左右大小的颗粒，体积将增大10倍，适用于需要经受强大冲击和频繁使用、透明、尺寸安定性及耐化学性能优异的产品……诸般专业的知识纷至沓来。

强大冲击，频繁使用。此刻，她觉得这不是一种科学术语，而是一种带有谶语性质的、对于自己生命际遇的描述。她在跑动，如同经受着加热加压的预处理。她想到自己是在跑着第三圈了，运动量或许已经与快走五圈持平了吧，这时身后响起了另外的脚步声。

有人在身后跟着她跑，或者说，是在追赶她。她即刻感到了不安，继而是慌张。她减慢了步伐，改跑为走。身后的脚步声轻盈而有力，带着绝对的、不容分说的把握感，让她打消了提速逃开的念头。想象一下自己拼命却徒劳地逃跑，只会让她不寒而栗。最终，她停下了，回头看向身后。穿着短裤的女孩已经距她很近了，一边跑，一边空洞地望着前方。她看到了女孩灰色T恤下跃动着的乳房。女孩可能并不比她高多少，只是短裤下显赫的两条长腿给人造成了高挑的错觉。她还看到了，在女孩左腿的大腿面上，有一枚胎记一般的青色文身。

她深长地呼吸着，两只手默默地攥紧。女孩跑到了她的面前。她重新迈开了双腿，因为她感到自己受到了无法拒绝的邀约。女孩并没有停下来的迹象，只是减慢了速度，用眼光向她打着招呼，明确发出了"接着跑啊"这样的邀请。那就跑吧，既然摆出了一副夜跑者的架势。

"你跑步的姿势不太正确。"女孩一边跑一边说。

"哦。"

"应该前后摆臂，尽量不要左右摆。"

女孩显然给她做着示范，双肘呈直角，规范地前后摆动着。她无言以对，却不自觉地跟着调整了自己的双臂。

"你住在附近吧？"

"是，就住在路对面。"她答道，觉得这个答案能够给自己平添一些底气。

女孩似乎点了下头。转眼侧视，她发现女孩蓬松的短发呈黄褐色，还打着卷——像是顶了一头淋着焦糖的爆米花。这个想法令她放松了不少。现在，她们是两个并肩跑在塑胶跑道上的夜练者。女孩神色寻常，但她能感到其中蕴含着某种她无从理解的情绪。两人的年龄至少相差有20岁吧？可她却感到并肩跑动着的女孩更占有一份主导性。这不仅仅是因为女孩的跑姿更标准，还因为，女孩在她眼里，全然象征着一个她毫无经验，也无从想象的未知世界。

两个女孩之间的热吻。她不能理解自己看到的那一幕，但不妨碍她感受到了动荡与激烈，还有无以言表的、属于人的困境。自己最后一次热吻是什么时候呢？她竟然想不起了。她只确定，那一定不是和自己的前夫；而且，她还可以确定，迄今，自己从未在露天的环境下与人接过吻。在她有限的一生中，一切都像是化学性的，是实验室性的，即便创造出了一些新的物质，实质上，也都是自然界中不存在的。

她隐约看清了女孩大腿上的文身——三个需要近距离才能辨认的汉字，也许是那个穿裙子女孩的名字？她想到自己的左腿面上，差不多同样的位置，也有一块类似的印记——当然不是文身，她绝对不会那么干的，实在要干，也只会文一组化学公式——那是浴缸里一次酒后的滑倒造成的，伤口不大，却皮开肉绽，留下了永久的疤痕，结果导致了她从此不愿将两条腿暴露出来。有时候，她着实有些小题大做。

"尽量不要用脚尖落地。"女孩又一次指导她。

她留心一下自己的脚步，觉得自己显得既愚蠢又笨拙。

"你是学体育的？"

"你呢？做什么的？"女孩不回答，却反问她。

一瞬间，她几乎要脱口而出，告诉女孩，自己是一个小有成就的化学家，并且告诉对方，作为沟通微观与宏观物质世界的重要桥梁，化学是人类认识和改造物质世界的主要方法与手段。但她最终没有开口，因为她真的意识到了，此刻自己所经历着的，俨然是一个非物质的、纯然精神性的时刻。

"你都看到了。"女孩说。

这是一个陈述句，但听起来有些严厉。她一下子感到小腿有些灼热的刺痛。

"我差不多每天晚上这个时候都要来这儿锻炼。"

这也是一个陈述句，她想表达的是，自己并没有窥探她们的主观故意，相反，对她而言，这是常态，而她们，才是一个偶发的事件。

"你可以避开啊，不用一圈接着一圈地跑。"

不是吗，这很无礼。

"要避开的难道不是你们？"她忍不住反击了。

"的确，"女孩的声音听不出有什么变化，只是伴随着节奏平稳的喘息，"我们都可以避开，可是我们都没有。"

"还能跑是一件幸运的事。"过了一会儿，女孩又说。

她沉默地跑着。

"我的朋友就没法跑。"女孩自言自语般，"她有哮喘，军训的时候发作了，都被送进过医院急救。"

她再一次侧视女孩，此时，两人正好跑过一盏路灯最明亮的照射区域，她恍惚看到，有大颗的泪水正涌出女孩的眼眶。旋即，泪水与女孩的脸又都隐没在黑暗的阴影里。

"她天天都喝糖浆。"

"嗯，为了不让你们感觉受到了妨碍，我才跑了起来，"她像是在道歉了，仿佛糖浆味儿的青春就应当被礼让和脱帽致歉。她强调说，"平时我只是走路。"

"你不断地从眼前跑过去，卷土重来，倒让我们感到了踏实。"

"卷土重来"这个词差点把她逗笑，下意识地，她只能将一切又类比为一场彼此作用着的化学反应。同时，像是有什么东西从四面八方向她发力，脚趾和小腿间肌肉的剧烈痉挛将她撂倒在了跑道上。她控制不了自己的双腿，脸上定格为一个似笑非笑的僵硬表情，只是霎时间记忆起那一次酒后跌倒在浴缸中的滋味。彻底的、无能为力的绝望与污秽凄苦。就像一整块悲伤的笑料。

女孩快速蹲下，将她的双脚抱起，拉直膝盖，双手握住脚尖用力向上牵引。不过十几秒的时间，她却像是经历了一场突如其来的暴击。夜风轻柔而冰冷，一如水与火的交融。女孩扶她坐起，用一只腿撑在她的背部，双臂将她的肩膀圈在怀里，同时帮她把散乱的头发捋到耳后。她知道自己现在一定狼狈极了，软弱地闭上眼睛，既感到了空前的委屈，也感到了被温柔地对待。一种久违了的、热切的盼望，涌上了她的嘴唇。

"不要跑了，先慢慢活动一下。"

后来，女孩扶她站了起来，叮嘱一句后，便矫健地跑着离开了。

望着女孩的背影，她意识到自己永远也没法像一个女孩子那样跑得又快又好看了。她无力地站在跑道中央，如同被遗弃了一般。暗处那块刻有"道法自然"的石头，在夜色中昭示着东方的化学观，四下的草茎都被它压得喘不过气。她缓慢地沿着跑道走，两手将脖子上的围巾紧紧地拉严实。她觉得自己的嘴唇麻木而空茫，仿佛被夜风完全包裹着深吻。她又一次闭上了眼睛，期待那久违了的、热切的盼望再度降临。

转过一道弯，她远远地看到那对女孩都蹲坐在跑道边。穿裙子的女孩把头埋在两腿之间；而那个穿短裤的女孩，遥遥注视着她走来的方向。距离让目光无法交织，但是她知道，此刻，在这个世上，自己被人深切地凝视着。大家同在一个环形的跑道上，在一个开放却又相互关联的世界里。

在意识的深处，她怕女孩们还在那儿，更怕女孩们其实走了。垂头前行，当她再一次举目张望，她们已经不在了。一度，她认为自己走过了，于是回头张望，只有空寂的夜色在身后永无止境地弥漫。她来到了她们置身的地方，想要找到一丝她们存在过的证据。她看到了倒伏的草木，一枚尚未熄灭的烟头；但令她更为笃信的是，她还嗅到了糖浆味儿，感觉到了她们离开后残留着的、带有年轻体温的痛苦而热烈的气息。黑暗中，她依稀还看到了她们挺拔而嘹亮的大腿，以及世间一切隐秘而倔强的脆弱。

年轻，并且有两条腿。

这让她如同再一次得到了激励，有力气走回自己熟悉的生活。从山坡上眺望，她能看到自己也许下半生都要栖身于此的那栋楼。夜色悲楚，还开始起雾了，渐渐像一锅又厚又稠的浓汤。夜航的飞机飞过，航速都变得有些迟缓似的。远处，一座塔吊笔直的摇臂傲然自立于夜空，好似随时会将世界吊打一番。人在这世上被吊打的风险可能不少，但没有哮喘就是幸运的，不喝糖浆就是幸运的，能跑就是幸运的，年轻，并且有两条腿简直就是所向披靡的。她像是走在一个庞然的虚构里，唯一能够让她将自己与现实维系在一起的，是这样的一个决定：从明天起，她将以跑步来替代走路。她确信她做得到并且配享这份幸运。俨然是一场化学反应，她知道新的物质产生了，依据化学键理论，就是说，旧键已经断裂，新键已经生成。

2021 年 4 月 4 日
辛丑清明
香都东岸

辛丑故事集

鼓楼

和老陶再次见面，是我们分手半年后。我和新男友云游到了丽江，在微信里，我将行踪告诉了老陶。至于居心何在，解释起来还真是挺费劲的，或者说，也不值得解释。

　　不过也没那么复杂。分手后，我跟老陶依然保持着时断时续的联系，有一搭没一搭地问个好，深夜里来声没头没尾的"哈喽"，或者相互，或者单方面地发个比较污的表情什么的。你可以将此理解为巨大的惯性使然——我们曾经相爱得如同"复兴号"一般风驰电掣、一往无前，途中出了故障，只好紧急制动，但刹车后依然会往前冲一阵。

　　老陶迅速回了微信，说巧了巧了，他也正好跟新女友在丽江打尖儿。没错，他就是用了"打尖儿"这个词，纯然一副北京爷们儿的口气。这挺让我烦的。我跟北京男人老陶恋爱，最终一拍两散，有很大一部分原因正是在于他"太北京"了，那做派也谈不上是傲慢，反正在一起久了，有种没头没脑的优越感会让你啼笑皆非直至倍感痛苦。

我在云游，他在打尖儿，我们各自携着新欢，本来无所交集，可既然"巧了巧了"，那就在丽江见一面吧。

老陶在微信里相约，是夜凌晨时分，他将在古城的玉河广场等我。时辰已到，我藏身于暗处，见他准时出现在灯红酒绿的午夜。他在人潮中沉浮，左顾右盼，一目了然是喝多了。凝望着，我对他升起一股亲切的陌生感，或者陌生的亲切感。认真掐指数算，我们分手一百九十七天了，其间视频过两次，此刻看他人潮人海中地浮现，我就觉得他即是我，是我的没头没脑与傲慢，是我的不高兴与优越感，乃至是我的慢慢的放松与慢慢的抛弃。的确，我们差不了多少。我们云游，我们打尖儿，不过都是活在被规定好了的方式里。

在我眼里他算是个好看的男人，始终留着我喜欢的圆寸，随时都是一副正在遭受铁锤但随时都能夺过铁锤的样子，永远一副浑不吝的劲儿，即便胡子拉碴，也不会显得太寒碜。

我过去拍了他肩膀一下，他回身就手挽住了我的胳膊。

"嗨，麦吉，"他说，"嗨，姑娘，我认为所有的古城都应该有一座鼓楼，你认为呢？"

他的手臂和我的手臂挽在一起，像情侣，也像要并肩去赴汤蹈火的战友。盛夏时节，我们都裸着胳膊呢，我分不清是他出的汗还是我出的汗。我嗅到了久违的男人味儿，酒精、烟草、沐浴液，没啥特殊的，谈不上浑浊，更谈不上芬芳，但这种味儿却不是所有男人身上都会有的。

身边全是年轻人，一派花天酒地，世界仿佛还处在愚蠢的、没心没肺的青春期。

"北京就不必说了，我在河西走廊的武威，那么偏远的地儿，都见到过鼓楼，西安、南京、开封，连运城都有。"他说，"可是为啥这儿没有？"

"为啥这儿就一定要有呢？"我回他。

果不其然，他还是能迅速地让我气不打一处来。"北京就不必说了"，这句话很让人反感。不是吗，在一起的时候，我们就住在北京的鼓楼附近。不必说了，当然是不必说了。

"古城啊，"他吵吵道，"这儿不是古城吗？没鼓楼好意思叫古城吗？"

他挽着我走，好像目标明确，挤过几条小街，钻进一家酒吧里。子夜时分，里头客人大半已经散去。驻唱的歌手是一个穿着民族服装的很老很老的老头，很搞笑地，他居然唱着《可可托海的牧羊人》。这歌现在大热，可我烦一切大热的玩意儿。我也烦酷暑。

我们在一张杯盘狼藉的桌子边坐下身来，桌面上有大半桌的空啤酒瓶，吃剩下的面条、烤串、花生毛豆、花生皮毛豆皮。

"我把她灌翻了。"老陶伏过身子对我耳语，一边用大拇指扬扬某个方向。

顺指望去，两米开外，暗处的卡座上横躺着一个姑娘。她蜷缩着，婴儿一般地蜷缩着，裙子包裹着的臀部因为卧姿被强化了，显得无比浑圆，呈现出一种"加强版"的性质。

"我们在附近租了个民居，便宜，在古城里住一晚上的钱，够我们住一个月的。"看起来他挺自豪。

我有些光火，可也说不出什么所以然，我总不能质问他干吗不把姑娘灌翻在他们便宜的民居里吧。

"行啊，一顿当两顿使，还分上下半场，真是长出息了你。"我说。

"有什么问题吗？谁愿意吃了上顿没下顿？"他接完我的话茬，直着嗓门喊服务生。"兄弟！"他扯着自己的北京腔叫唤，"哥们儿！嗨，喊你呢！"他的叫喊植入在《可可托海的牧羊人》里，竟让这歌有了股摇滚味儿。

"能不能甭让这大爷唱了啊！没看着人睡着了吗？"他拍着桌子嚷嚷，我看到那无比浑圆的臀部似乎是受到了侵扰，来回挪了几挪。

一个跟我们岁数差不多的服务生不慌不忙地过来了，一副见多识广的架势。

"你要啥？"小伙子问道。

"能说普通话吗？ OK，"老陶说，"您能让这大爷闭会儿嘴不？您瞧，姑娘在睡觉，姑娘需要睡觉！OK？"

"不能，不OK。"小伙子无动于衷地说。

"那我跟你说！"老陶说，"这歌不适合他唱，没准摇滚他还行，他倒是挺像个老炮儿的，可他不适合有个嫁到了伊犁的姑娘。好了，让我们安静地把剩下的这点儿酒喝完，这要求不过分，我们就是他妈的想安静点儿，把你们老板叫来，问问他是不是有时候也需要安静地坐会儿。"

"你可以自己找个安静的地儿。"小伙子面无表情地也使用了儿化音。

"嘿哟，"老陶一拍巴掌，"这可是您给我出的主意啊，等她醒了您跟她解释解释吧。走，麦吉，咱找个安静的地儿去。"

暗处的屁股浑圆地动了动。小伙子见多识广地回了吧台。

我随着老陶出了这家酒吧，进入另一家之前，他再次眼巴巴地问我："我认为所有的古城都应该有一座鼓楼，麦吉你认为呢？"

"你还是这么烦人。"我回答他。

这次他收敛了不少，我们一人要了一扎精酿啤酒，他开始盘问我有关新男友的点点滴滴，干什么的，多大了，云云。我并没有和盘托出，不是想对他隐瞒什么，也没什么好隐瞒的，我只是突然间觉得，让他知道我找了个大学老师是一件令人惆怅且丢人的事。

"自由职业。"我说。

"真棒!"他问我,"也被你灌翻了吗?"

"没,跟房间看球呢。"这倒是句实话,欧洲杯正如火如荼,我那云游的伴侣,那纯洁的知识分子,是个健康的球迷。我只是出门前给他要了箱啤酒。

老陶是在一瞬间又抽起风来的。他先是鼓掌,让我以为是冲着我没把男朋友灌翻这茬来的,可他鼓着鼓着渐渐有了节奏,脑袋、肩膀跟着一起打拍子,后来,便可怕地唱了起来:那夜的雨也没能留住你……

当他高歌到"他们说你嫁到了伊犁"时,服务生终于被招来了。

我算看出来了,这地方,就算没有一座古朴大气的鼓楼,可即便是位小姑娘,也一副见多识广的派头。

"别唱了。"小姑娘沉着地要求。

"嘿哟,"老陶坚持着又怒吼了几句,问道,"丽江规定不许唱歌吗?"

"没规定,"小姑娘说,"你影响其他客人了。"

举目四望,这家酒吧比刚才那家更冷清,影影绰绰,似乎有那么一两桌客人,意外的是,暗处似乎也浮动着姑娘们被人灌翻后浑圆的屁股。

"我影响其他客人了？"老陶无辜地摊开了手，匪夷所思地对我说，"难道刚刚不是我们被影响了吗？麦吉，一座古城，没有鼓楼，不讲道理，这还说得过去吗？走吧，麦吉，我们离开这里！"

我不觉得他是在表演，他是真的对这个世界感到费解。我跟着他走出那家酒吧，胸中涌动着白痴一般的喜悦。走吧，麦吉，我们离开这里！——在一起的日子里，那些北京鼓楼边儿的日子里，这是我最想听到他对我说的话。可他没说过。于是，我现在找了个大学教师出门云游。

我跟随着他，我们赤裸的胳膊挽在一起，汗水交融，如同要奔赴高山大海。可我们不过又去了另一家酒吧。

"我想唱歌又不敢唱，小声哼哼还要东张西望……"他是在大声哼哼。

这家的服务生直接将我们拦在了门口，食指竖在嘴上，不断地冲我们"嘘"个没完。

连我都被搞得很恼火了，问道："你不会说话吗？"

"我会说话，但请这位先生别这么大呼小叫。"服务生笑嘻嘻地说，他真的是身经百战啊。

"说谁呢？我这也叫大呼小叫？"老陶向前抢了一步，差点儿栽倒，"你知道北京，嗯，鼓楼边儿上，怎么玩儿摇滚的吗？"

"这里是丽江。"服务生说。

"别跟我贫嘴，"老陶说，"连个鼓楼都没有，神气个屁。"

服务生不说话了，用不说话表示自己的态度和立场。

"你瞧，"老陶将矛头冲着我来了，"简直跟你一个德行，我最受不了这个，你知道吗，我最受不了的就是你不说话其实一脸话的样子，太烦了，装什么呀。"

我们重新走上街头。我带着不说话其实一脸话的烦人样儿。退潮了一般，熙熙攘攘的游客一下子稀稀落落了。老陶坚持要给我买点儿鲜花饼。

"我知道你不吃猪油，"他特别恳切地说，"这几天我侦查好了，有一种是植物油做的，还加了益生菌。"

在他给我买鲜花饼的时候，我望着店铺外的一块广告牌跑神。牌子上是一位端庄、消瘦的女士，广告语打着"我这辈子最有成就的事就是把鲜花饼做成云南的名片"。这句话竟让我难过起来,也许我是想到了自己这辈子吧——我将以什么实现自己的成就?成就不成就的,当然也没什么紧要,但"一辈子"这种规模,不免总是会令人莫名伤感的吧。

拎着两袋植物油做的、还加了益生菌的鲜花饼,我对老陶说:"我得回去了。"

"我愿意陪你翻过雪山穿越戈壁,可你不辞而别还断绝了所有的消息……"真要命,他又唱起来了,好在是低声吟诵。

"别这样,老陶,酒劲儿差不多也散了吧。"我恳求他。

"对不起,麦吉。"老陶戛然失声,站了会儿,肩膀觳觫起来。张开双臂,他不遗余力地将我紧紧地搂在了怀里。我们大概又一次都感到了被伤害。

接下来,他需要找回最初的那家酒吧,将他的女朋友弄回租住的民居去。

"扔那儿不是个事儿。"他说。

"是,不能那么做。"

我支持他,好像忘了他没少这么对待过我。许多次，我被他扔在地安门外大街，每每从醉酒中苏醒，远远望到夜空下的鼓楼，怀着瞻仰丰碑的敬意，我都觉得那古老的庞然大物如皮影一般随风起舞。

老陶走在我前面，步子倒还稳当。我也不知道干吗还跟着他走，不过还是被他身上那种居于灰暗却葆有明快的风格所吸引吧。古城的巷道扑朔迷离，谁都不敢保证我们是否迷了路。走过一条清冷的巷子，一条土狗迎面向我们小跑过来。老陶回身再一次将我揽在了怀里。还好，他还记得我最怕狗了。

月光下，我偎在老陶怀里，看着那条狗沿着光滑如水的石径宛若一匹尊贵的骏马一般优雅地跑近，心里面平静极了，一点也没感到惧怕。我们开始接吻。那条狗围着我们转圈，继而在我裸露的小腿上厮磨，在我们四条腿的间隙挤进挤出。恰似天堂或者一个奇迹，我真的一点也不害怕。欲望升起，我被老陶抵在了巷子边的石壁上，他掀起了我的裙子。

"瞧，这就叫狗练蛋。"老陶喘着气儿在我耳边咕哝。

我侧脸看到了那一幕：不知什么时候，又一条狗也加入了小巷的剧情中。月光下，夜风里，它们在沉默而自由地交媾，它们在肃穆而庄严地交媾。

但这真的是扫兴。老陶他就是这么不识趣。他管不住自己，就算使出了浑身的解数，依然还会无数次地后悔，无数次地拿自己无能为力，仿佛他最善于做的就是把好事儿给搞砸，唯一会做的就是在好运气面前却笑了场，于是，只能无数次地，失败在前戏里。

"去吧，老陶，"我挣脱开他，"赶紧去把人家姑娘扛回去。"

"别走，麦吉，"他说，"我们看看它俩能练多久。"

他的表情既是兴致勃勃的，也是为自己的兴致勃勃而感到错愕的。我这可怜的爱人，我发誓对他永不心怀狭隘的偏见。

"再见，老陶。"

我回身朝着相反的方向走了，走着走着，就开始小跑，感觉自己突然间又怕起狗来了，而且，怕的还不仅仅是狗，是像狗一般追咬着我的命运。

绕来绕去，我又回到了玉河广场。这时候已经没几个游客了，不过是有人坚毅地扛着一条浑圆的麻袋走，有人浑圆地被人坚毅地扛着走。也不知道如火如荼的欧洲杯战况怎样了。找了块地儿，我席地坐下。

我得缓口气。

在这云游的夜晚，无所事事，我用手机查看"打尖儿"的确切词意——

　　打尖儿（京津一带方言）：

　　打尖儿，指京津一带行路途中吃便饭。这在小说和杂剧中也俯拾即是。打尖儿，实际上是打发舌尖的缩略词。舌尖是人对味道最敏感的地方，赶路的时候饿了，好赖吃点东西，打发一下舌尖，而后继续上路。广东方言打尖是指人不守秩序而插队的行为，称之为"兼队"或"尖队"。有种童年的游戏也叫打尖（茧），二至四人参加，用一根比拇指粗、三寸长的圆木，两头削尖，即为玩具"尖"，因外形酷似蚕茧，也作"茧"。

　　我觉得有知识真好，找个知识分子没准是对的，那会让你的许多灾难得到短暂的豁免，你看，这真的非常有意思，"打发舌尖""不守秩序插队"以及"二至四人的游戏"，凡此种种，都与我们的境遇完美相关。老陶他真他妈的是个天才。

我吃着鲜花饼，自感有益生菌在体内发挥着正面的效用。不是每一个古城都必须有一座鼓楼啊，我涌泪感慨，如同得到了一个有待擦亮的真理；间或仰望夜空，灰筒瓦，绿琉璃，旧日重现，我又一次看到了冉冉浮现的鼓楼，在星月下，在高原上，皮影一般地婀娜摇摆。

2021 年 7 月 28 日

辛丑伏月十九

怀柔圣泉山一稿

2021 年 11 月 10 日

辛丑良月初六

香都东岸定稿

辛丑故事集

瀑布守门人

——本文致敬老田

在丽江古城一家略显冷清——其实就是寒碜——
的客栈，我见到了郭老师。客栈藏在窄巷深处，三层
阁楼的楼顶上有着简陋却宽敞的露台，攀爬其上，可
以远眺苍山与雪峰。郭老师说客栈的男主人来自玉门
油田，算是与她有着乡谊。

"他给我打了八折。"她说。

我说旅游淡季，估计所有买卖都会打八折吧。

"不要总是怀疑别人的善意，你这样的心态要
不得。"

"好吧，可你还是欠费了，人家给我打了电话。"

"这是另外一回事，和八折没关系，就算五折，
也不能欠着。"

我说没错，是这个理儿。

郭老师躺在露台上的摇椅里，双手捧一只巨型
的保温杯。她不断拧开杯盖，喝一小口，水很烫，她

嘬得非常谨慎。我努力不去盯着她看,否则不免要焦躁。拧开杯盖,拧住杯盖,其间加着一个顶多沾湿嘴皮的嘬饮,如是反复,让嘬水显得格外小题大做,也让拧动杯盖显得格外徒劳无功——如同人与世界的关系,彼此映照,都显得过分夸张。

凡事不可落差过大,否则只会让一切没了真实感。

郭老师则怡然自得,偶尔将嘬进嘴里的茶叶吐回杯中。

"无论如何,人家让我省了不少,"她说,"这些天下来,是一笔不小的钱。"

我不想与她争辩,说她省下的这笔钱,不够我飞一趟丽江的单程机票。她现在看上去难得的满足与松弛。

昨天黄昏却是另一番情形。我出现在客栈门口时,她是飞奔着从三楼冲下来的。她在凭栏眺望,等待着我的到来。就在我们拥抱前的一瞬,她克制住了自己,只是好像有些不情愿似的跟我浅拥了一下。

她说:"你给我带新手机了吗?"

我觉得这很了不起。我办完离婚手续的那一天,她打电话给我，让我给她网购"钟薛高"。彼时我站在民政局的办事大厅外，正想着是否要与前夫南辕北辙地走一个反方向——这会让我多绕半个城的路。郭老师的电话打进来，用那种唯吾独尊的气派说：

"罗音，你知道有款很红的雪糕吗？"

她从自己的朋友圈获得了新知，不甘落在人后。当然，后来她也找补了，说："天那么热，我觉得一款当红的雪糕才是对你最好的安慰。"

我很快搞清楚了状况。其实店主在电话里基本上已经跟我把事情说明白了。这是位中年汉子，长发在脑后扎住，胸阔肩宽，像是下一秒就将撑破紧绷绷的衬衫，嗯，有文艺范儿，更有股玉门油田人的气势。站在客栈的回廊下，他又将电话里说过的内容重复了一遍，大意是：你母亲的手机丢了，如今举步维艰。

我问他古城买不到手机吗？

"当然可以。"他瓮声瓮气地说。

"其实你可以先帮她买一部的，是吧？那样，她就能用手机转账给你了。"同样的话，在电话里我已经跟他沟通过，而且还提议由我先给他转一笔钱来应急。

"我也是这么想的。"他说。

"那为什么不呢？"

"我拗不过郭老师。"他的表情很无辜。一条雄壮的汉子，配上这种表情，令人颇有好感。

我去直面郭老师。她上了露台，很明智地给我留下了一个求证的步骤。

"跑这么一趟，你是不是很不情愿？"郭老师说，"他告诉你我有多倒霉了吗？"

"丢手机挺正常的，"我说，"就像我小时候周围人总是丢自行车一样，越是必需品，越容易丢吧。"

"你是在贬低我的困境吗？"郭老师面无表情地说。

我的情绪不好。我奔波得很辛苦，从西安飞来丽江，不能算是一件轻松的事；还有，候机时接到的一个消息也令人不快——一位卧底的同事告诉我，我在公司一个重要的考核中落败了，上级部门的理由是：同样的荣誉我已经得过三次了。我不知道这个消息和郭老师丢了手机相比，哪一个更糟糕些，但我知道，郭老师将如何表态。她会说出格言一般的警句，譬如：胜利从来不会给胜利加分。不是吗？听起来有些道理，如同"失败是成功之母"那般颠扑不破，而且，也符合一个母亲良善的教导。但我还是愿意她替我骂街，替我鸣不平。

眼下的状况并不让我意外。我知道自己的亲妈是怎么回事，同时我也惊讶于自己如今的随遇而安——这的确是一种能力，说是一种品格，或许也不为过。这么想想，考核的不公也算不了什么了。三十多年来，在郭老师持续教育下，我还是有长进的。

我也用一种说出格言警句的腔调回答她："当然不，对于微弱的个体而言，没有任何一个困境是可以被贬低的。"

以格言的句式说话，证明郭老师已经平复了她的慌张，或者说，她再度寻回了对我的心理优势，尽管这次是我来驰援她。

郭老师问我看出来没有，那条玉门汉子对我的到来颇为开心，这个男人很乐于接待我这样的客人。"他知道你独身。"她不动声色地说道。她说自己待在这里快半个月了，不免要跟人聊聊自己的女儿，她并不觉得这么做是一件有失体面的事。"现在离了婚的女人可没啥丢人的。"她补充道。

我也不觉得有啥丢人的，可我还是有些不满。

"他也离了婚，好吧，我可能是为了安慰他，才顺嘴说了句你的状况。他是从玉门油田来的，多多少少吧，我会觉得有些亲切。"郭老师说。

同样，也是多多少少，一直以来，我都对郭老师的"玉门油田情结"抱着些许的同情。戈壁腹地，祁连山下，那是郭老师一生的起点——一想到这些，我对她就会生出没来由的体谅之心。我遥想她的少女时代，于浩瀚的旷野憧憬未来，眺望雪山时，迎着大风时，必定常常眼涌泪水。郭老师对我并不经常提及她的那些经历，更多是出于我的想象。我陪她回去过两次，有一次她带我去戈壁滩上看夜晚的繁星，明确地给我指出了北斗七星的位置。苍穹之下，七星灿然，近得让人陡生顺手摘下两颗的妄念。

郭老师从近在咫尺的繁星下出发，考学，结婚，中年离异，像所有的人一样痛苦大于欢乐，如今躺在云贵高原的露台上啜饮保温杯中的浓茶，这让我无法对她抱怨什么。微风中，她拂动的白发都像是生命中一个可以任性的特权，尽管，她在满头乌发的时候似乎就得享着这份特权。从侧面看去，她的脸颊依然紧致，皮肤并无明显的松弛，可能是嘴里嗑进了枸杞，她在慢慢地咀嚼，肌肉呈现出的轮廓还显得有些坚毅。

"你不会不高兴吧？"郭老师侧脸看着我，"我觉得小顾还不错，认识一下也没什么不好。丽江这么美，以后你来玩儿也能给你打个八折。泸沽湖我还没去，听说也很不错，你要和我一起去住几天吗？"

"在泸沽湖也给我介绍一个日后能打八折的吗？"我问她，并无怒气。

"怎么会，你想多了，嗯，不要认为到哪儿人家都会对你打八折，我们没那么幸运。"

"倒也是啊。"

"可不是吗？"

"泸沽湖我是没法陪你去了，你自己带好手机，我还给你买了根挂绳，你就把手机挂在脖子上吧。"我说。

一直以来，对于郭老师我还是很服气的。她从来都不高估自己，只把任性而为的特权行使在我们母女的关系之间。我对自己的儿子提及姥姥时，不免总是强调郭老师的特立与独行，乃至还有自知与勇敢。她在中学教语文，却对天文很感兴趣，毕生仰望星空，积累下不少的人生心得；很早的时候，除了我，她就举目无亲了；如果有足够的钱，退休后，她一定会只身去周游世界；她既不愿意高估世界的善意，也不愿意高估自己耐受恶意的能力。这些美德，都足以拿来教诲家族的后辈。

出门前，儿子要被我送到前夫那儿去，在车上我就是准备这样教导他的。前夫已经再婚，儿子要去生活几天的那个家庭，自然如同一个微型的世界了，他需要学会与之相处的方式，那么——别高估世界，也别高估自己。

"你能和安贝相处好吗?"我问儿子，同时想象了一下两个孩子在一起可能酿成的灾难。

安贝是前夫再婚后生下的女孩，七岁，对她的脾气、性格我没有把握下判断，因为我知道自己无法客观。这个女孩我见过不少次了，如果一会儿见到她，我可能会故意逗逗她，问问她寒假有没有什么伟大的计划，是不是又要新学一门乐器? 她呢，会摊开手，以一种成人才有的笃定反问我:"你呢?"——这就是我对这个小女孩的认知。

"我知道你在担心这个。"儿子说。

"没错，我是挺担心的，毕竟你们没在一起住过。"

"不会有事的，"儿子竟也是一副成人才有的笃定口气，"估计她妈妈现在也会问她同样的问题。"

"会吗？"

"当然会，你不问我，她妈妈也会问她。她比我小五岁呢。"

"这跟年龄没什么关系吧？"

儿子说我的这种担忧应当是针对小孩子的，言下之意是，年纪更小的那个，在睦邻友好中才承担着更多的风险。那么好吧，我只能提醒他，年纪大的一方，将承担更重大的谦让义务。这种对话并不那么轻松，仿佛已经预设了一场博弈与妥协的征战。

儿子却一脸的若无其事，他对我说："没事的，该担心的是安贝的妈妈。"

这句话让我有些发愣，或许是我想多了，觉得儿子对于如今这两个家庭的局面富有独到的洞见——那个最微妙的角色，没准真是要让安贝的妈妈来扮演。同父异母，两个小孩相处得还不错，经常会在周末见一面，对于三位家长的处境，也许他们早有过推心置腹的讨论：谁更为难一些，谁更超然一些。想当然地，我自然会以为那个最超然的人应当非我莫属，而前夫，活该多作难一些吧，但现在儿子提醒我也许还有另外的剧本。

我小的时候也一样，比儿子现在还小的时候，就会跟亲密的女生分析彼此的父母。有一个叫若琳的女生和我最要好，因为我们境遇相仿，都是单亲，不同的只是我跟着母亲，她跟着父亲。我们一起悲叹人性，用的却是一种夸张的谐谑态度，认为成人的世界远比他们以为的要弱智得多，甚至，我跟若琳还分享着郭老师怀春的蛛丝马迹——她买新裙子了，最近总照镜子，我还偷看了她的体检报告，云云；而若琳，对我也开诚布公地道出了那位鳏夫的诸多秘密。这的确很刺激，俨然重要的启蒙。我们常常因之掩饰不住地呼吸紧促，继而尖叫大笑。

前夫等在小区外迎接我们。他现在是这个人间平庸故事里的枢纽，尽管如此，他也依然无法因之就显得不平庸了。我坐在车里看着儿子向他走去，心想他会在自己的一对儿女嘴里被如何戏谑地谈论。我觉得他老了，不是一个七岁女儿和十二岁儿子的父亲，是七加十二，一个有着十九岁孩子的男人。

离婚不久，有一次郭老师对我说："别让你儿子妨碍了你的幸福。"

我忍不住窃笑，认为这是郭老师在借机声讨我妨碍了她的幸福。是啊，至少有三个男人是被我从她身边赶走的，一个女孩子对于围在自己母亲身边的男人，杀伐决断，会焕发出魔鬼一般的破坏力。我永远记得自己诸般小小的邪恶，那一次次难以启齿的快慰与痛苦。但是儿子当时并没有对我构成类似的威胁，也许因为他是个男孩，对于这种事情天然鲁钝一些？这样想，却让我心里隐隐地作痛。尤其当儿子和我的新男友相处甚欢时，反而只能让我充满了无从说明的负疚之情。我见不得儿子傻乎乎地跟着一个陌生的成年男人笑，见不得儿子被一个微不足道的小把戏哄得团团乱转，因此，男人们的善意倏忽都成了诡计，也倏忽，我自己不过只是诸般卑劣诡计的最终目的而已。那么，岂能让他们得逞。

这么说来，在人生崎岖的情路上，我妨碍了郭老师，儿子也委实妨碍了我。可是，我也相信郭老师会和我一样扪心自问：就算没有了妨碍，我们就真的能一马平川地奔向幸福吗？

"他可能要住一个礼拜，也许更久！"我把头伸出车窗向前夫喊，这个时间并不是理性估算出来的，我只是下意识地想要给前夫制造些心理难度。

"没问题。"前夫说。

他迎向儿子，伸手卸下儿子肩上的书包。这很自然，但看在我眼里，竟非常伤感。这两个男人，或者两个男孩——真是有些矫情，可我还是忍不住这样的感受——他们真是令我瞬间感到了苍老。我觉得他们的笨拙、殷勤、努力和平庸，都是那么地令人怜悯与难堪。那么好了，在郭老师眼里，我会不会也是这样的呢？

目送他们走进小区，我生出了取消丽江之行的念头。但我也不想回到既有的节奏里，公司的假已经请好了，我想我应该放飞一下自己。我用微信的语音功能拨给一个新近结识的男人，响了几声后，又自己挂断了。男人五分钟后回拨了过来，声音听起来就是一个试图哄得小男孩欢心、以期捕获他母亲的卑劣诡计。我虚应了几句，便中断了对话。正午时分，阳光耀眼，我打开音响，驱车直奔机场了。

登机前，我打电话给前夫。

"放心吧，我很好，"是儿子接听的，他补充说，"我们很好。"

"你们在干吗？"

"在玩儿。"

儿子显然很不耐烦，但我有意想跟他多说几句，逗弄一般地干扰他。这对我是一个富有安慰性质的补偿。

"玩儿什么呢？"

"游戏，游戏呗，还能玩儿啥呀！"

"我知道是游戏，我想知道是什么游戏。"

"瀑布守门人！"

"什么？什么守门人？"

"瀑布，大瀑布的瀑布！"

我还想进一步求证，儿子已经忍无可忍地挂断了电话，于是"瀑布"这个词悬置在我的耳朵里了，经久不散，让我处在某种壮阔而磅礴的自然想象中。

我给前夫发微信，却是说给儿子的："明年暑假我带你去有瀑布的地方玩儿。"

"好。"飞机开始滑行时，微信有了回复，我觉得应该是前夫的手笔。

"你可能有时候会把他们父子当成同一个男人，就好像你爸会把我和你当成同一个女人。"郭老师说。这时候暮色四合，在楼顶上张望灯火渐起的古城，真是让人有种意兴阑珊之感，连带着，她的声音听起来也略略地有些惆怅了。"你自己都不知道你的情绪是因为他们中的哪一个。"

我不知道她想表达什么，但我觉得这是无稽之谈，对于前夫，我自认已没什么情绪可言。

"我爸把我当成你？"我问。

"是的。"

"我爸把你当成我？"

"是的，有时候会。"

我说我去一下洗手间。在三楼自己的房间门口，我遇见了那位名叫小顾的店主，他正扛着大桶的矿泉水挨个给每个房间送。

"接到通知，可能要停半天水。"他向我解释。

"古城经常会停水吗？"我问他。

"这个倒不会，我也是第一次碰到这种事，可能是供水系统定期维护吧。"

"哦，那洗漱要麻烦了。"

"时间不会太久，但能洗还是抓紧洗一下吧。"

也许是臆想，我认为他的脸微微红了一下。

我回到露台时，郭老师用肃然的口气对我说："你会后悔的。"

"什么？"我问她，脑回路依然停留在方才的话题上，不明白我何悔之有。但我也知道，和郭老师对话，你得适应她跳跃性的思维。有一次，在跟我讨论素食的好处时，她突然问我："你对男人还有需要吗？"

我跟朋友们说，我的母亲观念非常开放，但仅限于说明她对我择偶的态度，实际上，无从启齿的是，她对自己的欲望也从不避讳。她几乎没有断过异性伴侣，很早就把身体的需要与精神的需要分别看待了。差不多十年前，她惊叹着对我说："吓死我了，我以为是怀上了，原来是绝经了啊。"那语气，是坦率的自嘲，却也有些骄傲的自得——在更年期的时候依然还有热烈的异性关系，这是她要传达给我的信息。

"你会后悔的，"她又说道，"几天后就有双子座流星雨，泸沽湖边非常适合目视，这是今年最后的一场流星雨了，会壮观得像漫天的瀑布——你真的决定不和我去一趟吗？"

"瀑布?"我怔了怔，心头被莫名地触动了一下。

"是，每小时上百颗的规模，就像是夜空的瀑布。我这次来丽江，其实就有这个计划。一定让你赶过来，也是想让你一起去看看，手机丢了不过正好是个理由吧，你看，这就像天注定一样，我得丢手机，你得跑这一趟，这都是神秘的天人感应。"

"那你可以直接跟我说啊，出发时就问问我，愿不愿意跟着你去看天上的瀑布。"我说。

"出发的时候我还没打算叫你，噢，也用不着瞒你，我本来是跟人约好了的，在丽江见，结果呢，那家伙爽约了。"

"约了男人?"

"对，但别以为我会有多失望，没什么的，爽约总是比践约来得多些，你也得早点儿明白这个道理。好在星空从来都运行得守时守约，从来不会放你鸽子。"

"就没有过不确定的天文现象吗?"我问，"比如说好了的流星雨却没出现。"

"有，但是天文现象的不确定只是因为还有许多人类未曾掌握的规律，它们在自己的规律里一定不会瞎胡来。"

"人的不确定性呢？是不是也有人类未曾掌握的规律？"

"噢，没准真是。但人的大规律和宇宙是一样的，生老病死，一天天衰败，宇宙会坍塌，人会死。"

"好玩，我千里迢迢跑来跟你坐在楼顶聊这些事儿。"

"也没这么可笑，"郭老师说，"我们是时候聊聊这些事儿了。"然后她令我震惊地说："有一天我走了，身后的几件事你要搞清楚。"接着她告诉了我她的银行卡密码。

"我不要你的钱。"我这么说，完全是因为被搞懵了。我无法想象，这是那个十年前还在怀孕与绝经之间踟蹰的女人——我的母亲。我不要她的钱，只是在拒绝她突发的哀声。

郭老师摇头笑了，问我："最近和你爸有联系吗？"

"有，他迷上钓鱼了，前些天让我帮他在网上买鱼竿。"

"你给他买了吗？"

"买了。"

"这是迷上个比找女人还烧钱的事了。"郭老师调侃道。

对于自己的前夫，她从来都是以调侃的态度来谈论的，即便说起两人之间仇恨的旧事，也是以"捣蛋着呢""坏家伙"这样的句式来概括，如同只是在谈论一个调皮孩子的过错而已。

我也曾不断琢磨过这两个人复合的可能性，当然，也不断否定掉了，直到最终再也不作此想。离婚后，父亲也走马灯一般地换着女人，最小的女朋友，年龄恐怕比我还要小一些。我的父亲母亲，这两个都有着不懈激情的人，为了无可阻遏的自救冲动，不惜挑战既有的生活秩序。

很不幸，对于他们而言，我恰恰是"生活秩序"的一个标签——我是他们的女儿，是一个人间的事实或者铁律，以此宣示了责任与义务，甚或还有人伦与道德。于是，在漫长的成长中，他们的激情，就是我不得不与之激战的敌人。但我不怨恨，至少如今不怨恨了，因为我也面对过自己的激情了，知道这激情，确乎亦是自己与自己的，憔悴的激战。

郭老师忽而关心起我来，问我是不是要给儿子打个电话。

"他玩儿得顾不上跟我说话。"我问郭老师"瀑布守门人"这种游戏她听说过没有。我想，她做了一辈子老师，应该对孩子们的把戏了如指掌。

"不知道，但肯定是种湿身游戏。"

"失身？"

"就是互相泼水，弄得像落汤鸡一样吧，大差不差，望文生义就能猜个八九不离十。"

"这大冬天的……"

"别担心，小孩一般玩儿是玩儿不坏的。"

我说不是这个意思，我并不担心儿子受凉，是想不通一个"湿身"游戏在这种季节条件下，如何才能开展。

我说："穿着泳衣在沙滩上玩儿行，裹得像粽子一样，怎么玩儿？"

"我想他们可能会钻到浴室里玩儿吧。"

"可他现在洗澡时都不让我进浴室了，他觉得自己已经是个男人了。"

"嗯，但他不会拒绝在自己的女人面前光着身子。"郭老师开心地大笑起来。

"真是麻烦……"我也觉得挺好玩儿，却也有某种隐隐的忧愁。

"别担心。"

"什么?"

"生命令人苦恼,但也正是如此才显得迷人。"

我感到不安,对于郭老师的格言警句我已经习惯了,但此刻我却觉得微言大义,她不是寻常的心情。天色已经完全黑下来了,古城的灯火堪称辉煌,但在楼顶仰望苍穹,高原夜空的繁星毫不逊色地碾压着人间的烟火。

"我查出了癌。"郭老师突然平静地说。

很久以前,郭老师曾经因为胃穿孔倒在了讲台上,那次算得上是从鬼门关走了一趟。我被她的同事带着去医院探视,明确地体会到自己的生命里不能没有她。那时我十四岁,心里想:她要是死了,我也要跟着一起死。

我回头看着她,她眺望着楼下的古城夜色。我很想跟她把这个话题展开,却只是顺着她的目光望向远处,什么话都说不出来。夜色不是纯然的漆黑,和灯火与繁星无关,它几乎本身就是一种透明的蓝色,就是一种光源。远方的山影是漆黑的,但也不仅仅是颜色，更是一种距离的色感。远即是黑。

郭老师幽幽地说："这样的夜色和玉门的夜色很像，油田在晚上也灯火通明，但一点都不会减弱夜晚本来的性质。"

我点头称是，然后提议下楼去吧，夜风中，露台上已经感到有些冷了。我们各自回了房间，我本来打算冲个澡再去找她，但打开淋浴才发现停水了。这让我敲响她的房门时心情更加糟糕，如同披挂着一生的积垢。

子宫癌。

第二天一早，我就在古城瞎转起来。我没有惊动郭老师，想让她多睡会儿。而且，现在我有些惧怕面对她。黎明时分的古城一片阒寂，高原的晨风委实有些凛冽，红色角砾岩铺就的小径水洗一般干净。在一家开了门的小店，我逗留了很长时间。店主是个蓬头垢面的中年女人，她可能没有料到这么早会有顾客，一任我在店后挂满了东巴扎染的院子自选，顾自去忙碌晨起的家务了。我突然对那些朴素的粗布着迷极了，它们悬挂在竹竿上，随风轻舞，令人好似陷入了一个柔软的迷宫。蓝底白花，仿佛一片片垂挂的天空。我意识到自己为什么会有了沉醉之感，因为如此一来我才能短暂地摆脱失措的情绪。我挑了几十米的布，把它们抱在怀里，感觉到一种软弱的沉重。我并不热衷这类民族风格的东西，压根不知道买回去做什么用。拎着两只大袋子出来，我继续在纵横交错的小巷中漫无目的地走。

我想起另一次经历。儿子两岁的时候发急症，高烧不断，严重到伴有惊厥的症状，医生告诉我有导致脑病、肝炎、噬血细胞综合征等等可怕后果的风险。我知道这是所有医生惯有的作风——总是把最坏的可能扔给你，除了免责需要，没准也借此满足了人性中对于恶意的隐秘享受。我让儿子和他父亲留在医院里，自己去逛街。那一次，我第一次透支了自己的信用卡。在一家情趣用品店，我还给自己买了件昂贵的玩具。我也记得接儿子出院时的情景，他和我坐在车子后排的座位上，惶惑地盯着一身珠光宝气的我。他不能理解他的妈妈怎么会像换了个人一般，当我试图去抚摸他时，我感到他有一个紧张的躲避——他的小肩膀缩紧了一下。然而我还是几近残忍地按住了他的肩膀，感觉着我的孩子在生命的困惑里颤抖，刹那间，泪水抑制不住地奔涌而出。这更吓到他了，我差不多能够感到他在努力地让自己变小，小下去，小下去，一直小到不用再负重。

最终儿子当然没有得脑病，没有得肝炎，没有得噬血细胞综合征，他很健康，只是在成长的过程中，有了一次想要无限变小的生命记忆。

在一座挂着"十月文学馆"的院子门口，我捡了一粒石头，把它放在了门楼边一个隐秘的角落里。没有特殊原因的话，这粒石头就将堪称永恒地藏身于此了，不会被人为地挪动，也不会任性地自己跑开。我四下望了望，巷子里除了我没有他人。这算是我的一个秘密——经常在陌生的异地留下一些只有自己知道的小标记。我幻想，有一天把某处的小标记告诉某个男人，如果他真的能循迹将之找到，并且在七个不同的地方集齐七个龙珠，他就将是我最后的男人。我知道这事的难度有多大，因为我不高估世界，也不高估自己。

临近中午的时候我回了客栈，还未走进门廊，便看到了奇异的一幕：大水天谴似的奔涌，瀑布一般从三层阁楼上倾泻而下。一条汉子背对着我站在门廊里，举头仰望，整个身姿都写满了深深的困惑。有一天我会专门说说这个客栈之王的，但此刻我被眼前的奇观完全俘获了。从我所在的位置看过去，他就是一个不折不扣的"瀑布守门人"。大约有一分钟的光景，这个名叫小顾的汉子才行动起来。他冲进瀑布，在我看来简直是欢天喜地着奔上了楼。祸患的源头就是三楼我的那个房间——昨夜我打开淋浴后并没有关闭，今早来水了，蓄积半日，终于酿成了水患。

我也跟着跑了上去，穿过水帘的一瞬，不由得失声尖叫，心情真的是莫名欢乐。冲进房间，水已经没过了脚踝，水面上漂浮着我的高跟鞋，还有一些可疑的小物品——应该是床下未被清扫出的垃圾——纸屑、药片、小小的塑料包装。花洒已经被关住了，但小顾已然湿身。也许他是情急之下忘记了避水，也许他干脆就是有意地让水浇了浇自己。我们站在水里，面面相觑。片刻后，我抬脚撩起水来踢向他，他迟疑了一下，以同样的方式反击我。几脚之后，我们都控制不住地撒起欢来，他搞过来的水花都泼洒到了我的脸上。闻讯而来的人吃惊地挤在门外，看着我俩得劲地又喊又跳。

阁楼有相当大的面积是木质的，我紧随着小顾下楼去查看相应的房间。情况糟糕透了，楼下房间的天花板已经溶洞一般地滴着水了。还好，这间房没有客人入住。小顾查看床品是不是已经被淋湿的当儿，我不假思索地从身后推倒了他。一切结束得飞快，我们都自觉地在和某种紧迫的事物竞争。不，不完全是因为时间，也不完全是因为环境，是更为深层的、跌宕的情绪令我们深感时不我待。我从未像这般彻底地自由，大朵大朵扎染一般人造的白云在我脑子里争相怒放。天空倒垂，万物都是平行着的了。这是一场单纯而极致的游戏，名字不妨就叫作"瀑布守门人"。

　　整栋客栈必然是喧闹的，人们在大惊小怪地救灾。但我却觉得万籁俱寂。这种感觉萦绕了我很久，当我走出房间时，那些奔忙的身影都是无声的，好像电视画面关掉了音量。小顾张嘴对我说着什么，可我听不到，我也张嘴跟他说着什么，自己也听不到。这样也挺好，我想，一个无声的热闹世界，反而显得庄严肃穆，令人敬畏。

　　"造成的损失小顾会给我打八折的。"是夜，我在露台上对郭老师把握十足地说。

我的听力尚未完全复原，所以音量不由自主高了很多，像是咏叹。

　　郭老师说："你瞧，世界有时候是会优待你一下的，做个游戏，打个八折什么的。"

　　"你还需要我陪你去泸沽湖吗？"我问。

　　"这个要看你的意愿，不过我还是建议你一起去，在空气稀薄的环境里看一场天上的瀑布，这种机会并不多。"

　　我举头望向夜空，俨然已经看到了那个奇迹一般的时刻。

　　"宇宙的高潮，"郭老师说，"你只有看到了，才会知道有多震撼。"

　　"宇宙的高潮，这个说法不错。"

　　我感觉今天晚上的郭老师像一个诗人，或者一个哲学家兼天文学家，就是不像一个癌症患者。她披着羊毛的披肩，抱着巨大的保温杯，岿然地坐在时光里。

　　"明天再做决定吧。"我说。

　　"好，别急着做决定——跟着鼻子走就好。"

　　"对，跟着鼻子走！"我说，"早点儿休息吧。"

"你下去吧，我再坐会儿。"郭老师嗫着茶水说。

我走到露台边的木梯时，郭老师大声对我说："在你爸眼里，我们是同一个女人。"

那天下午我从被水淋湿的床上下来，站在窗子前向楼下眺望，想象着两天前郭老师也是以这样的视角张望我的。我看到巷口迟缓地走来了一个熟悉的身影。极致的余波还在我的身体里荡漾，我目睹的一切微微有些摇晃，好像没有拿稳的镜头，于是来者看上去凌空蹈虚，脚不沾地。这个践约者，坏家伙，从奔放而泥泞的生命中跋涉出来，拜衰老所赐，于长久渴求的不安和不安的渴求中解放了自己，如今，他来奔赴一场观摩宇宙高潮的邀约。现在，他是这个世界上的一个平静的人，一个忠诚的人，一个纯洁的、做完游戏后往家跑的小孩。

我很想就这样站在窗口一动不动地看下去，并且想象着自己有朝一日也能这样回家。不需要谁给我集齐七颗龙珠，一切都将是无条件的，只要你终于摆脱掉了那沼泽一般蒸腾的、因为恐惧而不得不求生般挣扎的热欲。可我还是转身下楼了，去迎接我那风尘仆仆的、迟到了的父亲。我知道，在我们拥抱前的一瞬，我也会克制自己，只是好像有些不情愿似的跟他浅拥一下。

2021 年 8 月 14 日

辛丑七夕

香榭丽

辛丑故事集

拿一截海浪

时隔多年，贺轶宁驱车还乡，奔赴女儿的婚礼。一条狗从盘山公路左侧的陡坡滚下来，被他那辆租来的比亚迪汽车撞飞。那条倒霉的狗，倒像是辆没刹住闸的车，裹着股黄尘腾空而来。它的制动失灵了，或者干脆就是条疯狗，俨然一口浑圆的土黄色麻袋从天而降。事实上，贺轶宁一刹那也以为被自己撞飞的，是一口塞满了土豆的麻袋。对，就是塞满了土豆的麻袋。土豆与麻袋，在贺轶宁的故乡经验里，缺一不可，全然是一体的——土豆必然要塞在麻袋里，而麻袋，如果不塞满土豆，就不能成其为麻袋。离乡多年，故乡打在他灵魂里的烙印，一瞬间，在这突发的状况下被激活了。

　　塞满了土豆的麻袋凭空而来，先是砸在车前盖上，继而跌至车头，还未落地，又被击发般地撞向天空。贺轶宁看着它像一颗炮弹，射向足足有一百米远的前方，落地后，巨大的惯性让它继续在路面上翻滚，直至被弯道处的山体挡住。

车身在跳跃，在震颤，骤然被安全带勒回椅背的那股力道，让贺轶宁感到有把刀将他的身体劈成了两截。

这辆租来的比亚迪刹车也不是很灵光，几乎同时冲到了弯道处才停下。那条垂死的狗挣扎着拱起了背，它的肚子破裂开，红红白白，污血与内脏糊在公路上。空气中是橡胶烧煳了的味道。盯视了片刻，麻袋的幻象从脑子里打消，贺轶宁倏忽认清了形势。但他还是感到恍惚，身体与灵魂仿佛都不在此刻的现场。

他伸手去摸放在副驾驶座椅上的手机，手机摔在下面了。他侧身去捡，被安全带勒紧的前胸一阵刺痛。他闭上眼睛，顺顺气，解开安全带，缓慢地调整一下坐姿，艰难地俯下身，努力伸长右臂，用指尖一点一点将手机划拉到手里。重新靠坐好，他镇定下来，拨通了女儿的号码——这会儿，她应该穿上婚纱了吧？

女儿是做房地产销售的，一度扮演幸福的业主，为公司的宣传册拍过穿着婚纱的造假照片。女儿把那本宣传册寄到了海南，他一直留着，尽管上面的女儿一点都不像女儿。但这次是真的。

"贺音，"他说，"我出事故了。"

"十二点能赶到吗，爸？"

车前盖被砸出了很大一块凹陷，他又一次顺了顺气。

"——噢！怎么了？什么事故？"

"撞上了一条狗。"

分明是鼓了下勇气，他才能抬眼去看那条倒地的狗。狗在抽搐，体积有很大的一摊，不知是原本就壮硕，还是毙命前可怕地膨胀了。

"一条狗，爸？"

"对。"

"没事吧，爸？"

"不太好，应该是活不了了。"

血从狗嘴里汩汩地向外冒，狗的獠牙却在晨光里洁白无瑕。

"我是问你没事吧，你没事吧？爸！"

"我没事，应该没事。"

他胸腔那里开始感觉到尖锐的痛。

"车呢？"

"不知道，也没问题吧。"

"你觉得你还赶得到吗？"

他一下子不知如何作答，感到自己也说不准。

"我都说不让你租车了，叫个车不是更好吗？"

是的，他想，自己不但可以叫个车，还可以在昨天傍晚落地后就直奔固原，为什么要在银川逗留一晚呢？

"我给你带了礼物，想自己拉给你。"

这是个说得出口的理由。贺音在手机那头沉默了。

"我得挪下车，"他说，"前面是个弯道，停这儿很危险。"

"车能动的话就赶快上路吧。"

"那条狗……"

那条狗站起来了，正向他蹒跚着过来，拖地的肠子像粘连的胶水，将狗的身子藕断丝连地和路面粘作一处。

"肯定是条野狗，别管了。"

他盯着车窗外，好像听到了喑哑的呜噜声。

"它站起来了，在叫。"

"别管了，"贺音说，"要不怎么办呢，你要给它叫辆救护车吗？"

当然不，他在心里说，看着窗外那条狗再次扑倒在地。

"当然不。"他说。

"爸。"

"嗯？"

"实在赶不及也没关系。"

女儿吸气的声音被他听到了。那是很长的一口气，人往往在做重大决定的时候，才这么吸气。

"你不希望我赶到吗？"

"爸！"

"我在听。"

"如果车还能开，就挂了手机赶紧上路吧。"

"你要忙起来了吗？"

"是，"贺音说，"这是婚礼，我是新娘，我们不要为了条狗添乱，好吗？"

"好。"

"我现在要弄头发，实在没时间了。"

"那快去吧，快去。"

"你没问题？"

"快去吧。"

他挂断手机，发动车子，将车倒离至安全的位置。正当他准备重新上路的时候，又一条狗出现在前方。是条脏兮兮的黑狗，瘦骨嶙峋，屁股后面光秃秃的没了尾巴。它从弯道的另一方绕了出来，如同明星闪亮地登上了舞台。

贺轶宁下意识地升上了车窗玻璃，一时间不敢相信这都是真的。

黑狗冷静而稳重地立在公路中央，像一个断案的执法者。它并没有靠近那条奄奄一息的同伙，只是一动不动地看着车内的肇事者。

没错，贺轶宁觉得这条狗就是在和他对视。他见过很多狗，但没有被哪条狗这样直愣愣地对视过，不禁有些发虚。他长摁了一声喇叭。黑狗退缩了一下，来回捯腿，抽风一样，继而重新站稳了脚跟。贺轶宁伸手摸水，发现那瓶矿泉水也滚落在座椅下了，他嘟哝着，再次艰难地捡起了瓶子。喝了半瓶水，他发动了车子。车速不快，他很慎重。但那条黑狗视若无睄，丝毫没有避让的意思，不过是微微地发着抖。比亚迪停在了距离黑狗十米远的地方，他再次长摁喇叭。黑狗的耳朵竖起来，它居然不退反进，向前逼近了几步。贺轶宁不由自主将车倒后了一点，随即暗骂自己是个没用的蠢货——这不是露怯吗？

这截公路是六盘山上的省道，路面逼仄。他目测自己难以从黑狗当道的现实下脱身。除非将它也撞飞。

"真是见了狗了。"

他低声诅咒，给自己点了支烟，审度着眼下的局势。过了会儿，他重新启动引擎，发狠向前冲去。在发动机的轰鸣中，黑狗跳将起来，有个本能的躲避动作，而后竟趔趄着，腾空反向迎了上来。那感觉，就像是空前地闪了下腰。贺轶宁手脚并用，急打方向盘，同时踩下刹车。汽油和空气在汽缸内猛烈地爆炸燃烧。车体飘移，他应激着倒车，但无法确认车子是被左侧的山体弹了回来还是被自己驾驶出的结果。

"见了狗了！"

他大叫。腾挪后的黑狗也是半天找不到重心，嘶吠着踉跄。而那条卧地不起的狗，显然遭到了碾压，肚皮上有一道刺目的轮痕，周边全是秽物，如同引爆了一般。

贺轶宁拼命定神，抖索着用手机拨号。他先是拨了110，立刻挂断，继而又想拨120，好在最终还是准确地拨通了122。

"交通事故报警电话。"

一个普通话不是很标准的女性接线员说。

"见狗了！我撞了条狗！"

"一条狗？"

"是，还有一条……"

"什么意思？"

"还有一条黑狗，挡在路上！"

"你冷静一些。"

"好。"

"你没问题吧？"

"没有，我有什么问题？"

"那就继续驾驶吧，肯定是野狗，不会有人追究你责任的。"

"我知道，肯定是野狗，但是我过不去了，它挡着我。"

"谁？"

"狗，黑狗！"

"你在车上吗？"

"是。"

"那没问题，它又咬不到你。"

"它不让路，我总不能再撞死条狗……"

他听到对方吃吃发笑。

"你开慢点儿，"对方说，"嗯，从狗身边蹭过去，它会躲开的，一定会躲开的，我不相信它不躲，顶多就是冲着你叫两声。"

"我试过了，别说开慢……"

手机已经被挂断了。

他抹了把脸，木然倒向椅背。死狗肯定是死透了，但狼藉遍地，死相有股喧闹的、热气腾腾的活力。活着的，那条无畏的、没有尾巴的、瘦骨嶙峋的黑狗，靠近了它的同伙，仿佛怀着某种审慎的悲伤，一边低吠，一边警觉地看向他。它始终不碰死掉的那条狗，只是不时伸长舌头舔一下公路上迸溅着的血污，然后又重回当道的最佳位置。人和狗对峙在六盘山上。

"躲开，"他咕哝着，"是它撞的我，不是我撞的它。"

他让车身向前拱了拱，不易觉察地前进了一个车轮的距离，然后，再向前拱了拱。死狗横尸在车子的左前方，贴地的尾巴竟然像一颗心脏似的兀自跳动。他继续让车子蠕动着前进，直到那条黑狗突然弓起了背，冲着他龇出獠牙。他停止了冒进。它蓄势待发，黑毛因为炸开，通体变成了一种森然的、说不清的颜色。让贺轶宁恐惧的是，他感到自己的恐惧里有种古怪的喜剧性，隔着车窗玻璃的黑狗仿佛只是一团抽象的概念，这团概念悬浮在他的道路上，既邪恶又滑稽、既残忍又诡异。

他短促地按了声喇叭。

黑狗身体后顿一下，又迅速前倾，抖擞着，却似乎更逼近了几寸。

"妈的，我得去参加贺音的婚礼。"

他的确是冲着狗说的。黑狗舔着地上的残骸，被它舔过的路面泛出一层油脂般的光亮，像是给柏油路面打上了蜡。

"我从海南飞回来的，把路给我让开好吧？"

他歪了下头，再次看到一侧的死狗。它真是死得无比壮观。他让车子再次向前拱了一下，感到车轮轧上了什么软乎乎的恶心东西。黑狗的身子降低了重心，它在低吼，全无妥协的意思。他打着手势，它的眼睛不受干扰，始终聚焦着他的脸。

"我有十五年没回宁夏了。"

他低声说，让车身再次前拱。现在他和黑狗的距离差不多就是一个车头那么近了，它要是一跃，便足以扑在车前窗上。他闭上眼睛，轻微地踩下油门。张开眼睛，他看到黑狗稳步后移，退出了车子前进的那一小步。黑狗的前半身低俯，没有尾巴的屁股高过了脊背和狗头，看上去都不像是一条狗的屁股，也让狗看上去都不像是一条狗了。再一次，他重复之前的操作，眼睁睁地看着黑狗歪歪扭扭却是冷静沉着地跟着退后。他进一步，它退一步，但决不让路。

世界倏然阒寂，是那种比无声更加无声的静默，但又是陡然地喧哗一片，哨音般的尖削。他分明感到自己的听觉转化为了视觉，有道可视的声音，像大幕一样从空中落了下来。席地漫天的大幕里，他看到了自己的前妻，贺音的母亲，黄笑锦，亦步亦趋地后退，倔强地拦阻着他的去路。此刻，他的脑子里还原了十五年前离家时的这一幕，又一次绝望地领受着某种古老的顽强，就像此刻这条黑狗与他形成的困局。

他缓缓地将车子倒后。黑狗没有跟进，前腿直立，恢复了正常的站姿。倒退几十米，他停了下来，看着那条狗慢慢向前迈进，又一次开始舔舐路面上的脂肪和血沫。他把头靠在车窗上，拨通了向红的手机。

半天没人接听，他又拨了一次，最后放弃了。拿起矿泉水瓶，他喝光了剩下的水。这时向红回拨了过来。

"已经在路上了吧？"

她的声音不像是刚睡醒的样子，听上去竟有些像刚才的那位女接线员。

"在路上了，天没亮就动身了。"

实际上，他差不多已经开了三个小时的夜车。

"来得及，你别太赶，注意安全。"

"遇到了点儿麻烦。"

"怎么了？"

"撞了条狗。"

"狗？"

"是，它自己掉下来的。"

"掉下来的？怎么回事？"

"噢，好像是从山上滚下来的，我还以为是一麻袋土豆。"

"一麻袋土豆……"

"是啊，那时候不是经常用麻袋装土豆吗。"

"哦，那还好。"

"还好？"

"先不说了，你没事就好，"她说，"我这儿有些事正在处理。"

挂断手机，贺轶宁又给自己点了支烟。那条黑狗已经不看他了，顾自舔着路面，慢慢地，打着转地舔到了死狗身边。他一边抽烟，一边想，狗会不会吃狗？

贺轶宁五十五岁了。在宁夏时，他做过数学老师、公务员；上岛后，他做过一家报社的财务，狼狈时开过餐馆，当过旅游品加工厂的业务经理，但世界于他，就算穷尽想象，仍有许多的未解之谜。比如，狗会不会吃狗这样的问题。此刻，他为自己的无知感到痛苦，因为无知和无能，还有无力，杂糅成了一股无助的、对自己深感厌弃的情绪。现在那条黑狗似乎也无视他了。它专心地舔着路面，不时抬起头龇下牙，像是嘴里的滋味过于浓厚了。

这时他想到了后备厢里的那截海浪。如此剧烈的折腾，那截海浪不会碎了吧？为了这截海浪，他差不多跟自己的老板翻了脸，最终谈下的价钱，用光他多年的积蓄，还要补上自己的年终奖金。他在这家公司干了快六年，时间不能算短了，但显然也不足以让他得到额外的优待。那截砗磲雕刻的海浪，五十多厘米长，通体紫色，有着耀眼的亮丝和绿色的肠管，算是公司的镇店之宝，尤其现在国家还开始禁售砗磲，就愈发宝贵。当然，价格不菲。其实就算给他更大的优惠，也显而易见地超出了他的购买力。为了这截海浪，他现在算得上是一文不名了。在岛上混了十五年，他并没有成为一个"成功的人"，他全部的努力，如今都交付给了这截海浪。

那条黑狗怜悯地看着他。它像是舔饱了，嘴上脏兮兮地粘着同类的脂肪和毛。

"滚开吧，"他吼，"把路让开，不想死就给老子滚远点儿。"

他拍打着方向盘，又用空矿泉水瓶指着它挥舞，但那条狗纹丝不动。他沮丧地倒向椅背。

后方响起了汽车喇叭声。后视镜里出现了一辆灰色的丰田越野车。来车在距离他几十米的地方停下，他看见一个穿着皮衣的男人从车上跳了下来。他按了下喇叭，提示对方有危险，但那男人远远地打着手势，还是走了过来。他的心悬了起来，举目张望，天啊，那条黑狗竟凭空神秘地消失了。

"伙计，"男人趴在车窗外向他打招呼，"遇上麻烦了？"

"是，你看，喏……"

他降下了车窗，有些语无伦次，震惊的情绪一时难以平复。

"噢，还真是个麻烦，你这个事故不算小。"

男人好像这时才看清那幅惨烈的场面，一边说，一边击节赞叹般地拍着手。他看到对方还戴着一副皮手套。

"是它自己掉了下来。"

说完贺轶宁就后悔了，觉得像是个懦弱的推诿。

那个男人转身走近死狗，背略微有些驼，似乎年纪不算小了。但他的派头，还有皮衣和皮手套，让贺轶宁一下子拿不准。男人弯下腰，手拄在膝盖上，看了会儿死狗，然后直起身子伸脚拨拉了一下狗腿。

"野狗，"男人用下结论的权威口气说，"够肥的，肯定没少叼羊。"

"还有一条。"

"在哪儿？"

贺轶宁下了车，他觉着自己再不下车就丢人现眼了，但他依然很紧张，眼睛四下打望，警惕那条黑狗不期然又蹿了出来。

"刚刚还挡在这儿。"

"跑了？"

"可能是吧。"

"正常，这条路车少狗多，经常有被大卡车碾爆的，黏在路面上像一摊长了毛的奶油，揭都揭不起来，养路工得用铁锨铲。"男人说得很生动，"你这条还行，算个全尸。"

贺轶宁不知怎么接话，因为男人说得好像他还占了个不小的便宜。

"你怎么不走高速？"男人摘了右手的手套，摸出盒烟，递一支给贺轶宁，问他，"为了省钱吗？"

"我有十五年没回来了。"

他想说的意思是：离家太久，自己已经不怎么认路了；还有就是：他也想走走老路。

"可以导航嘛。"

他又不知道怎么接话了，好在男人转身又去看那条死狗。

"可不能扔在这儿，"男人说，"拐弯的地方，吓了人容易出事故，咱得把它弄走。"

"怎么弄听你的，兄弟。"

"兄弟？"男人回过头，冲他扬了下手套，"我都快七十了，吃过的羊比你见过的都多。"

他愣住了。

"搭把手。"

"什么？"

"把狗抬走啊。"

男人说着已经用戴着手套的左手拎起了死狗的一条前腿，见他没跟上来帮忙，回身将右手脱掉的那只手套扔给了他。还好，他接住了。

戴好手套，他拎起了死狗的后腿。

"你不要吧？"

"什么？"

"这狗你不要吧？"男人嘴里叼着烟，说话像是嘶嘶地吸着冷气，"眼看着入冬了，正好煮一大锅。"

"不不不，我不要。"

他跟着男人走，觉得这条死狗有一头猪那么重。

"我是回来参加女儿婚礼的。"

他也不知道自己为什么要补充一句。

"真的？"

"真的。"

"恭喜啊，她多大了？"

"二十七。"

走到丰田越野的车尾，那男人掀起后盖，和他协力将死狗扔了进去。他惊愕地看到，车里居然还有头活着的羊。

"那就祝咱闺女新婚大吉。"男人"嘭"的一声合上后盖，向他伸手说，"给我吧。"

"什么？"

"手套。"

他连忙摘下右手的手套，看着男人戴回手上，大功告成似的又拍了拍手。然后，男人上了越野车，按一声喇叭，左手从车窗伸出来，摆一摆，扬长而去。

他站在公路上，感到全身发软。在这条归乡的路上，他碰上了两条和他势不两立的野狗，又碰上了一条礼遇他的硬汉，两者叠加，只能令他倍感自己的无能与软弱。他差不多是拖着腿回到了车里。摸手机的时候，他才发现左手上血腥的秽物，可能是刚才脱手套时弄上的。发动起车子，他拨通了女儿的手机。贺音的声音明显有些不耐烦。

"解决了，"他说，"幸亏有人帮忙。"

"那就好！"

"就要入冬了，那人说可以煮一大锅。"

"爸！"

"怎么了？"

"你别扯东扯西了。"

"噢，你忙你的。"

"对了，"在他以为手机要挂断的时候，贺音又急迫地问，"那条狗是什么颜色？"

"什么颜色？"

他看了看自己左手的手指。

"到底什么颜色啊？"

"你问哪条？有一条是黄色的，还有一条是黑色的。"

"黑狗！"

贺音大叫了一声。

"是，那条挡道的……"

"刚才刘叔说黑狗不吉利！"

贺音像是在冲着手机喊，随后终止了通话。

他感觉腹内有什么东西涌了上来，狠狠地顶住了他的嗓子眼。"刘叔"是贺音的继父，他离家不久，黄笑锦就嫁给了这个男人。他拼命地吞咽，起初还有口水，后来就仅仅是徒劳地做着吞咽的努力了。

转过一道山弯，不期然，那条硬汉的丰田越野停在前方，而硬汉本人，牵着一头羊威风凛凛地站在车后面。贺轶宁把车停在路边，茫然地看着他牵着羊走过来。

"羊给你，"男人在车窗外大声说，"算我给闺女的份子钱。"

"哎呀不，"贺轶宁喉头的不适丝毫没有缓解，有那么一个瞬间，他感觉自己要汹涌地哭出来了，一生的委屈都要决堤而出了，但是并没有。他只能吞咽着说，"这也太贵了。"

那男人不由分说，自己动手拉开了比亚迪的后门，将那头羊硬生生塞了进来。

"不不不。"

"一个男人咋这么婆婆妈妈的？"

"太贵了太贵了。"

"你还给了我条狗呢。"

"不是……"

男人拍拍车顶，摆手示意他上路，然后顾自上了自己的车，又一次从车窗挥手作别，继而驱车扬长而去。

贺轶宁回身看羊。那头羊与他面面相觑。它半爬在后座上，如同一座宁静的、吉祥的圣物。这让他想起了自己的那件礼物。那昂贵的砗磲，那截海浪，它在后备厢中是否还完好无损？他不再急于赶路了，仰靠在座椅里，等着胸中的潮汐退去。他用手机搜索"黑狗"的说法，嗯，的确是不吉利，但也有辟邪镇妖之说；他还搜到了一条丘吉尔的名言：心中的抑郁就像只黑狗，一有机会就咬住我不放。

感觉缓过来点劲儿，他拨了向红的手机。没人接，等手机里传出"请稍后再打"的提示音后，他开始说话：

"十五年了，我知道，你过得不好。你也看见了，我过得也不怎么样。你说了，当年的事，没什么对错，谢谢，你这是在安慰我，我知道。当年，黄笑锦不让我离家，她选择原谅我，可我没法原谅自己。你俩是从小一起长大的闺蜜，咱俩倒弄在一起，这事儿不能就这么抹平了，也抹不平啊。这些年，我是越来越狼狈，那个岛上，除了海浪，什么都跟我没关系。十五年来，贺音只去岛上看过我两回，她跟我没太多话，估计要不是黄笑锦让她去，她自己是不愿意见我的。今天她结婚，我想拿一截海浪给她。"

他闭上眼睛，重温了一遍自己说的话，那些话，像是写在纸上了一样，可以被他重新检查一遍。然后，他在心里撕掉了这片假想的纸。这没用，而且还有点猥琐。一场开头就注定没法善终的情事，欲火中烧的荒唐，多年以后，再说这些话，显得多么苍白和可笑啊。

昨晚落地银川，从机场的租车点提了车，他就去见了向红。她老得让他害怕，穿着件臃肿的棉服，一头短发一多半都白了。虽然他有心理准备，知道现实总是和记忆里的不一样，但他还是没法相信，当年就是这个女人令他难以自控。至少，那时候她有苗条的胳膊，还有很白的牙。他没想再跟她发生点什么，如果有的话，那也只是握住她的手，彼此相对无语一会儿——他倒真的这么想象来着。实际上，他和她在一家小餐馆吃了饭，自始至终，她都没跟他说过半句如今的状况。他送她回家，看着她走进一座老旧的小区，只一瞬间，就混淆在院子里的老人之中。老人们在跳广场舞，他们都比五十岁出头的向红老，但看上去，也都比五十岁出头的向红年轻。嗯，他们压根没拉手，更别提相对无语，因为两人谁都没有那种去表演不管是百感交集还是心如止水的兴趣了。

他下了车，这时才发现车子的左前灯撞碎了。他竟然还想了下还车时自己得赔多少钱。现在这辆比亚迪不仅出了车祸，后座上还塞了头气味熏天的羊。走到车尾，打开后备厢，他把那只靛蓝色的礼盒抱了出来。有那么一会儿，他不确定自己要不要打开礼盒，因为他不敢保证，如同一场战争的洗礼，经过这番颠簸，那截海浪还会完好无损。他不敢保证，自己还能不能接受更加糟糕的结果。

捧着礼盒，他像是捧了一只命运的盲盒。

随后他被眼前的风景迷住了，目力所及，天高云淡，秋阳普照下的六盘山群峦起伏，宛如生辉的海面，排列有序的山峰不动声色地涌动，绵延不绝，就连间或生长的树木也像极了海面上的浮标。

"不过是从一片海去了另一片海，"他对自己说，"不过是从一片海回到了这一片海。"

接着，他又一次看到了那条黑狗。黑狗蹲在前方的公路中间，像一尊叵测的、命运的化身。它仿佛怀着某种审慎的悲伤，遥遥凝望着他，凝望着这个站在海面一般暗自涌动的山道上，拿着一截海浪，又好像双手空空的人。

注：这个短篇的题目，出自诗人蒋浩的《我辈复凋零》。

2022年1月10日

辛丑腊月初八

疫中长安香都东岸

辛丑故事集

德雷克海峡的800艘沉船

1

十二月下旬的一天，晚上八点二十分，段欣慧登上了海南航空公司的航班，从海口飞往西安。五十分钟后，航班在美兰机场准点起飞。不出意外的话——会出什么意外呢？——她会提前在咸阳机场落地。

是啊，会出什么意外呢？飞机爬升到巡航高度时，她一边调整椅背，一边在心里反问自己。

段欣慧习惯了这种内心的对话。有时候，她也会认清自己热衷于假设出两个自己，不过是为了聊以自慰。独居日久，她形成了固定的自语模式，凡事总归要先用一句消极的假设——"不出意外的话"——来做铺垫，继而再给出一个并非铁板钉钉的结论。"不出意外的话"，对她来说，是句放之四海而皆准的金句。"不出意外的话，中午会准时用餐""不出意外的话，晚上能睡个好觉"。世界运转无碍，仿佛全靠某个意外的缺席才成就了一桩又一桩的小奇迹。这让平铺直叙的世界具有了不确定性，也让一顿午餐和一个好觉，都显得有如神助；重要的还在于，这个金句显而易见的荒唐感，又能给她提供自我辩论的基础——会出什么意外呢？就这样，自我的对话完成了，聊以自慰也完成了，就像成功地将自己一分为二，并且，那个看上去更具理性的自己，还占了上风。

夜航的旅客不多，机舱里空着不少座位。段欣慧这排就没坐满，她的邻座，一个像是公务员的年轻男人，和她隔着一张空座。男人靠窗，她靠过道。三个多小时的航程，不出意外的话，她应该至少需要让行一次——把腿屈起来，侧放在过道，给他留出去洗手间的通道。会出什么意外呢？除非他有着一颗蓄水能力惊人的膀胱。段欣慧自嘲着在心里念叨。事实上，空中服务还没开始，男人就已经迫不及待地上了两次洗手间。段欣慧由此意识到，这回，自己踏上的恐怕是一场没有神助的旅行。

旅行对于段欣慧而言，已然是活着的常态。独居后，她在四十三岁获得了所谓的财富自由。比她大三十岁的亡夫留下的财产，丰厚到令她不敢相信——

不出意外的话，足以让她将这辈子都用来云游四方。她也的确因此过上了一种"说走就走"的日子。这种日子似乎被许多人所向往，但走个不停，难免会削弱她与人间生活的关联。段欣慧先是渐渐地没有了朋友，继而，连父母都联系得少了。有时候，身在旅途，她会想，如果她就此失联，消失在某个不为人知的地方——不出意外的话，没个三年两载，身在武汉的爸妈都不会想起来找她。

不出意外的话，此生铁定就是一场漫长的旅行了，一直走到走不动的那一天，在一个不为人知的地方，倒下。她想，鲜有地没有反诘自己，而是默默祈祷：那么，请让这旅途是被神所祝福的。

可是神真的常常缺席。航班延误、天气突变之类的就不用说了，大到被人抢了手机，小到遇上个尿频的邻座，旅途中，她遭遇过太多不测，意外是无法完全避免的。但她已经停不下脚步。

空乘发过餐食后，男人又一次挤过她的双膝去了洗手间。她自作主张坐到了他的位子里。他的空位上留着一份报纸，此前一直心不在焉地翻看，给人的感觉是以此抵抗着内急的再一次光顾。她将报纸拿起，在男人回来时递向了他。这个男人真的具有一种公务员才有的理性，他迅速领会了她的意思，乖巧地坐进了她空出来的位子，似乎是想要表达一些歉意，男人还用手势示意那份报纸也一并归她了。

她并不想看报纸。但巡航在平流层的飞机平稳得令人昏昏欲睡。相较于看报纸，她更不想在一个陌生男人的身边睡着。她常常在飞机上看到睡相让人不能恭维的女性，立誓绝不让同样的一幕在自己身上发生。舷窗外，一万米高空中的夜色不过就是一张黑幕，她只有去想象，落地后，不出意外的话，会有一张酒店的大床等着她。会出什么意外呢？轻车熟路，酒店早已经订好了，接机的车，也在平台上落实了。

没有意外，只能让睡意更浓。她强打起精神，翻看手中的报纸。是一份《环球时报》，应该是登机时男人从舱门口自取的。在一种若醒若睡的状态里，段欣慧依稀看到这样一条新闻：

　　……国防部长埃斯皮纳称，找到幸存者的机会比较渺茫，但仍会全力以赴。事故原因不排除任何可能性……此次失联飞机于1978年制造，在美国服役至2008年。2012年智利花费700万美元购入，2015年进入智利空军服役……德雷克海峡是智利本土通往南极基地最短航程的必经之路，这里是太平洋和大西洋水流的汇合处，没有任何陆地阻挡，该海域一直以恶劣天气著称，气温极低且常有严重暴风雨。据不完全统计，目前已有800艘船只沉入德雷克海峡，造成20 000人死亡……智利军方表示，飞机起飞时，飞机状况和天气状况均良好。搜寻行动将持续至少6天，并可延长4天……

是一条关于空难的报道，嗯，还提到了海难，总之，神又缺席了，天上地下，皆是灾难。那些翔实的数据令她振作了片刻。"美帝国主义。"她的心里好像如此谴责了一下，多少对卖旧飞机这样的行径感到了不齿。继而，有种幻觉般的宏大图景席卷了她的意识：寒冷的海峡，疾风骤雨，怒浪惊涛……但她清清楚楚地意识到了"800艘沉船"这个概念，只不过，这个清晰的概念全然又被睡意给包裹了。如实说，谁靠着飞机舷窗睡着的样子都不好看。

她在机身落地时巨大的顿挫中醒来，迷惘地看着一个像是公务员的年轻男人朝她略带羞涩地微笑。拉起遮窗板，她发现外面在下雨，停机坪倒映着被冬雨扭曲了的光斑。她看了下腕表，差十分钟零点整，果然提前了。打开手机，预约接机的司机已经发来了按时接驾的短信。她没什么行李，不过是一只登机箱，还有一件同样塞在行李舱中的羽绒服——登机时，海口的气温将近三十度，羽绒服完全就是一个行李般的存在。年轻男人友好地帮她从行李舱中取了箱子，她道了谢，自己拿下羽绒服，套上，下意识地将那份遗落在座位上的报纸重新拿回手里，卷成圆筒状，握住，好像如此一来，作为一个旅人，她的行囊才不会显得过于单一。

2

新年将近，吴尤莉计划给自己买件礼物。至于买什么，她一直拿不定主意。不是怕花钱——她又不会琢磨着买套房子来犒劳自己。别说房子，丧夫后，她可能都没有过千元以上的消费记录。她并不因此感到匮乏。她觉得自己没什么欲望，对什么都不抱有期待。这个新年的计划，只是作为一个"念头"存在，而有一个"念头"，对吴尤莉来说，反倒是种比较愿意体会的感觉。

她三十六岁，身高接近一米七，看起来还行——最初，这个判断的依据是：不乏有男人对她兴致勃勃。后来，经了些不堪的事，她搞明白了，男人对所有的女人都是兴致勃勃的，他们随时都想碰碰运气，激发他们的，恐怕是一个"类"，而非具体到某个身高一米七的女人。明白了，就获得了宝贵的自知，于是比起同龄的女人，吴尤莉反而真显得有点"看起来还行"了——至少，她比她们苗条，比她们肤色好，比她们高挑。

这天早晨，吴尤莉的那个"念头"落在了实处。就买一把电动剃须刀吧。听见父亲在卫生间里的抱怨，她做出了决定。"充了一晚上电，只能刮半张脸！"吴玉福的声音并不大，但还是被她听到了。有时候，情绪比音量更能决定话语的传播效果。

房子是父亲的，老式的三室一厅。吴尤莉搬进来两年多了，承受着父亲的乖戾，她只能归咎于自己的不期而至对父亲构成了麻烦。她也想过另找个住处，但条件真的不允许。亡夫除了给她留下一堆窟窿，什么也没给她留下；好在，也没给她留下个孩子，否则真是不堪设想。好日子也有过，但好日子的背后，是负债累累。丈夫活着时，铁肩担道义，只身营造虚假的繁荣；他可真是条硬汉，然而有一天这条硬汉突然撑不住了，一跃从二十七层的楼顶跳了下去。水落石出，好日子瞬间露出了狰狞的本相。一切都没了，生活不是清了零，是变成了负数。至今，吴尤莉还背负着几项被法院判定了的债务。

吴尤莉在三十四岁的时候，重新做回了吴玉福的女儿。不是说父女俩一度泯灭了天伦，是说那种一个成年人突然不得不重新返场，再次回到一种仿佛不具责任能力、需要被监护的角色里的心境。吴尤莉想过，如果母亲还活着，自己的不适感也许会减弱一点，有爸有妈，即便参差不齐，共同挤在这套三室一厅的房子里，也会让一切显得"正常"点。遗憾的是，母亲在她婚后不久便离世了——宫颈癌，发现得太晚了。吴尤莉时不时会想，没错，如今同住在这套房子里的，是一对父女，但你也可以这样说：是一个三十多岁的寡妇和一个六十多岁的鳏夫。

对于亡妻，吴玉福没有悼念之情，全是怨怼之意。他认为罹患宫颈癌，正是对那个女人的惩罚。"她这一辈子，男人太多了！"吴玉福对着吴尤莉这么嚷过一次。至于何出此言，吴尤莉不想细究，也不想在自己的成长记忆中重新寻回尘封的蛛丝马迹；她倒是补充了一下宫颈癌的医学知识，原来性伴侣过多的确也是一条致病的缘由。如今，面对吴玉福，她只感到自己实在难以给自己定准角色，她找不到作为一个女儿的感觉，可也找不到不是一个女儿的感觉。对于吴尤莉，作为一个父亲，吴玉福又并非一无是处。除了会开车，吴尤莉一无长技。两年前，她去驾校做过教练，但从业的经历只是让她坐实了男人兴致勃勃的本质。这时候，吴玉福全然像一个慈父，他给吴尤莉买了辆丰田卡罗拉，还是辆新车，他鼓励她去开网约车，以一个父亲的口吻对女儿说："命运这把方向盘，还是要握在自己手里。"那一刻，吴尤莉恍然记起，眼前的这个父亲，退休前是中学的历史老师。情绪好的时候，他还会跟女儿评价一番客人，譬如："看上去是个有教养的人，结果把擤鼻涕的纸扔在车上。"可是转天，他又会性情大变，常常是吴尤莉做好了饭，他却铁青着脸泡了桶热干面自己端进卧室吃。

这天早上，当吴尤莉决定买一把电动剃须刀的时候，她不能给自己的这个念头定义——究竟是给父亲的一个礼物，还是给房东的一个贿赂？

吴玉福从卫生间出来了，的确是只刮了半张脸，这让他的脸色看起来尤为阴晴不定。残留的胡茬仿佛是一片不祥的阴影。"怎么不多睡会儿？"她小声问，没指望得到回答。她这么问是有道理的，昨晚最后一单活儿，是他去机场拉的人，回来睡下，怎么也要到半夜了。自从开上网约车，为了安全起见，吴玉福经常替她跑夜活，显然，这算得上是一个标准的父亲对女儿才会有的顾念。但是此刻吴玉福有些发呆，他从卫生间出来，给人的感觉却像是"进来"似的，好像一个人两脚踏空，突然陷入了新的境遇中一般。在吴尤莉眼里，这的确又不像是一个父亲了。像什么呢？某个念头在她脑子里一闪而过。

3

"所有世纪的20年代都辉煌。"

微信群里有人发出的这句话让胡晓虎心头一热。

考虑到新年将至,那个"20年代"巨型的门槛已近在咫尺,恐怕任何倒计时着的人看到这句话都会心头一热。"世纪""年代""辉煌",都是自带热力与光芒的词啊。胡晓虎不由得默算了一下——就是说,八十五个小时后,辉煌便要普照万物了。他有些激动,是种久违了的感觉。这种感觉他也说不准,但是在他当兵的那些日子里常常会被点燃,一道命令,一次动员,都会令他产生同样的情绪。他感觉被激励,即便作为队伍中微不足道的一分子,也会有一种欣然而隆重的神圣感。

但是这句话被湮没在信息的洪流中了。他给这个群设置了"消息免打扰",偶尔翻看一下成百上千的言论,随即删除掉,等着下一次信息重新注满这条他和战友们保持链接的通道。没错,这个群里的都是复转军人,基本上都是在各种培训班上认识的,如今大多分布在政府机关和事业单位。曾经的军人们自发地组织起来了,如同一支影子部队。

好像没人对这句话做出响应。大家在群里基本上都是自说自话。有人发地铁里人潮涌动的照片;有人说两句本单位的节日福利;还有人分享昔日的军歌,《打靶归来》什么的。各自抒发,各自捕捉能够触动自己的信息。胡晓虎查看了一下发布这条信息的主人,果然,是位文联干部,头像是一个打着领带的卡通人物。然后,他在群里也发了条信息:目前已有800艘船只沉入德雷克海峡。没什么道理,他可能只是觉得这句话比较接近自己此刻的心情,觉得"800艘船""沉入""德雷克海峡",同样也有一种令人心头一热的、辉煌的气质。

胡晓虎发出信息后,才想起这句话是两天前自己在飞机上看到的。它出自一份《环球时报》。现在突然想起,说明当时还是触动了他,这条新闻中那道不祥的海峡,当时在他看来有种被诅咒过的意思。伴随记忆而来的,还有无法令人忍受的、同样像是被谁诅咒过一般的腹痛。海口之行是他分配到社科联工作后的第一次出差,热带地区的水土彻底击溃了他。在海口待了短短三天,他就拉了两天半肚子。胡晓虎想起自己在返程的航班上是如何煎熬的了——他妄图用一份报纸来分散自己的注意力,在报纸上,地球人四处杀人又放火,但都抵不过他肚子里的革命。只有这条事关空难与海难的消息短暂地对他有效过，也许是"800艘"这个具体的数据要胜过一切抽象的灾难，他的注意力因之转移，获得了间歇的安宁。

他的信息发出后，同样也迅速地湮没在群里了。今天大家好像都闲下来了，往常这个时候，临近中午休息，也没几个人上来扯闲篇。

> 2019年12月27日11时许，西咸新区昆明池生态保护区发现一未知名女性尸体（下附照片），身长1.65米左右，体态较瘦，年龄45岁左右，上身着紫色羽绒衣，衣领为连帽样式，现死者身份不明，有知情者请与市公安局刑警二队联系。

有人发上来这样一条公告。不出所料，发布者当然是位警察；不知出于什么动机，他很快又将信息撤回了。胡晓虎被这条信息惊动了一下。他看到了那个女人的头像，像是睡着了，也并不血腥，不过是睡相不大好看。胡晓虎觉得自己应该想起些什么，但又不是很确定。他想专门私信一下那名警察，但又因为自己的不很确定而打消了念头。

他显得有些茫然若失，无所适从地在心里确定了一下自己的返程日期。十二月二十六日，夜。然后他起身检查了一下办公室的电源，确认该关的都关了。下午陪领导看望一下退休老人，他就不用再来单位了。他要在元旦那天结婚，与辉煌的20年代一同开启自己的婚姻生活，单位提前给他放假了。删除这组群消息的时候，他看到群主发布了群公告：单位要求，公务员不允许组建与工作无关的微信群，本群即日起解散，祝战友们新年快乐。无论如何，这不能算是个好消息，尽管，也无关痛痒。

　　中午他要回趟家，李琳，他的未婚妻，让他抓紧把新房的煤气卡充足，他早上出门忘带卡了，只能插空回去取一趟。他不想和她吵架，就像他不想结婚。单位离家要乘坐十二站地铁。好在中午地铁上的人不是很多，但也没有空座，胡晓虎靠在关闭的车门一侧，突然感到肚子里又翻滚起来。应激一般，他的脑子里自发地出现了一道怒浪惊涛的海峡，这让他又一次获得了片刻的安宁，"800艘沉船"与"辉煌的20年代"这两组概念共同协力，令他在隐隐的不安中获得了平静。

4

吴尤莉比同龄人显得"看起来还行",也许是遗传了吴玉福的基因。六十四岁的吴玉福看起来就比同龄人年轻许多;至少,吴尤莉的身高一定是受惠于遗传的,吴玉福在生命的鼎盛时期,身高曾达到过一米八五,即便如今缩水,在一群老头当中他也算是挺拔的。对于任何孩子,有个身高超过一米八的父亲,都是个加分项。吴尤莉年少时也的确以此为荣过,面对父母间的龃龉,她会不自觉地倾向于同情父亲。一个挺拔的男人,仿佛天然地就多了些正确性。毕竟都是做教师的,吴尤莉的记忆中,父母的冷战不少,热战不多,一对男女常常各自沉默,但沉默和沉默的气质迥异。个高的那个,沉默得如同雪山,让人生出对于高冷的仰止;个矮的,就吃亏,连沉默都显得理屈词穷。幼年的吴尤莉以此判断着父母的是与非,她认为母亲的错误全是因为个子矮,是不具优势的身高让这个女人成了蒙羞的过错方。直到她十四岁的那年,雪山骤变为火山,沉默的吴玉福爆发了,对自己的女儿嚷出一句:"她这一辈子,男人太多了!"吴尤莉才骇然面对了这样一个事实:原来,她的母亲,其貌不扬的中学物理教师田冰茹，居然在婚姻生活中从未安分过。她是以此缓释来自丈夫身高的压力吗？不管怎样，千真万确，母亲是因为有错才显得像是个罪人，这跟身高处于劣势压根无关。但是，这个事实之中蕴含的人性线索太复杂了，十四岁的吴尤莉根本搞不清。她并没有因此更加轻视母亲，反而，对于父亲的观感还打了折扣，仿佛这个一米八几的男人徒有虚表、声势虚张，应该打回到一米七去。

火山般爆发过几次后，吴玉福开始了具有规律性的失踪。每年，他都会在三月中旬离家一段时间。去哪儿了，不知道。田冰茹不问，可能也是不能问与不敢问；吴尤莉不问，说不清为什么不问。这个三口之家，彼此间好像没有相互过问的权力。结婚后，吴尤莉的丈夫，那位铁肩担道义的硬汉，有一次对吴尤莉点明了要害："你爸肯定在外面有人了。"她才直面了一下现实，竟觉得父亲重新有了挺拔的迹象。

田冰茹去世的那一年，吴玉福没有离家。他中规中矩地给亡妻办理了后事，火化，买一块价格不菲的墓地，树碑，碑文也镌刻上自己的名字——用红漆涂抹住，以待日后合葬，再刮掉油漆，与田冰茹的名字并肩。看上去，他什么都能接受，接受龃龉频仍的一生，也接受被指定了的墓穴。这同样关乎复杂的人性，吴尤莉对此是爱莫能助的心情，只不过将同情分摊开，一半给了母亲，一半给了父亲。就此，她也更加无意过问自己丈夫的真相了，一由那位硬汉顾自去承担着他愿意承担的一切。她知道他在外面有女人，可能还有个儿子，但是又怎样呢？她不拒绝最后也跟这硬汉刻在一块碑上。

搬回来和父亲同住后，她知道了父亲的秘密。原来，每年的三月份，正是武大樱花盛开的时候。吴玉福给吴尤莉买了辆丰田卡罗拉，提车的那天，他的心情很好，坐在副驾驶的位置，突然就袒露了心声。"每年我都会去看看，"他说，"就像回到了自己的大学时代。"吴尤莉无动于衷，至少看起来是这样，她的双手紧紧地握着新车的方向盘，就像是遵嘱掌控住自己的人生。这样就好理解了，吴玉福毕业于武汉大学历史系。他在晚年热衷于和武汉相关的一切。他喜欢看百家讲坛，因为里面有口若悬河的易中天，他说，他在大学的时候听过易中天的课；他不断地网购热干面，每次情绪恶劣的时候就自己煮一桶吃；有一次，客人投诉到平台，说他在车上不停搭讪，热情过度，还绕路，他对吴尤莉说自己不过是因为那女人来自武汉，好心想多拉人家看看西安的夜景。

也是条硬汉，吴尤莉在心里评价。当他将自己的名字与亡妻的名字刻在一起的时候，他需要在人间找到一个属于自己的平衡，那不是你有"太多男人"我便"外面有人"的简单对称，是对命运本身的精密修复，如果非要换算成一个公式，差强人意，大约是：你在你的命运里颠簸，我追念我的樱花。

在网约车平台上注册的是吴尤莉，按规定吴玉福是不能代驾的，而且，他也过了六十岁，这些都不合规。好在，迄今还没遇到过大麻烦。大多数时候，他是一位能够给人好感的司机，这位瘦高的师傅，衣着得体，沉默寡言，每一年都被樱花熏陶，别有一番知识分子才有的气质。除非他遇到一位有武汉口音的客人。

5

中午，吴尤莉在开元商城买了一把三星电动剃须刀，二千八百元。付款的时候，她想到了法院给自己的"限高令"。衡量一番，她确定自己的这笔消费应该不能算作高消费，但她还是感到了些许兴奋——那种轻微地破坏了什么，或者冒犯了什么的兴奋。在商场七楼，她吃了碗面条，带着兴奋劲儿，她还"恶意"地给自己加了份肉，然后匆匆驱车赶往机场。她的下一个单子是下午三点在咸阳机场的T2航站楼接人，这种单子对于网约车司机堪称福音，好过在城里绕来绕去。

车子开上机场高速不久，她收到了吴玉福的一条微信，没容她细看，一桩车祸发生在她眼前。眼睁睁地，吴尤莉看着前方那辆白色的日产轩逸扎进了一辆大货车的车尾。好在车距足够大，吴尤莉来得及避险。她与事故现场擦车而过，几乎没有停下的念头。车子上了高速公路，就如同上了传送带，人的意志也仿佛不能完全由己了。但是只那么一瞬，她也能确定日产轩逸的司机凶多吉少。货车上拉着几十辆排列整齐的新车，居然也是日产轩逸，这让追尾的那辆像是一头扎进了亲人的怀抱，车头完全塞进了车尾，如同被一把大钳子捏碎了。路面上的碎玻璃像是洒满了一地的光芒。她在发抖。这段路面经常有车祸发生，像是被诅咒过一样。跑上网约车以来，吴尤莉在此就目睹过不下十次的惨烈场面。但是今天不同了——这辆日产轩逸的车主她认识。

罗哥，大家都这么叫他，但年龄恐怕还不到三十岁。跑网约车的经常会在候机时相互打趣解闷，一来二去，熟悉了，罗哥开始在她这儿碰运气，给她献殷勤。有一次，就是在T2航站楼的停车场，罗哥邀请她坐进他的车里，感受一下后排的"大沙发"。不错，正像同行们说的那样，轩逸的乘坐空间的确比她那辆卡罗拉要大一圈，不但空间大，这后排的座椅还很柔软。罗哥说这正是他好评率高的原因所在，乘客基本都坐后排。"他们的屁股舒服了，人就舒服了。"他在炫耀，她却做出了事后自己也想不明白的事——伸手勾住他的脖子，将他的脸与自己的脸拉近，直到两张嘴咬合在一起。她有欲望，也能感觉到小伙子的欲望，但对方想进一步的时候，又被她不由分说地推开了。她从车里钻出来，狠狠地抹嘴，心里面竟是万分的委屈。这委屈她也不知从何说起。似乎是不甘于卡罗拉被轩逸比下去了，这让她想起了自己曾经是开过顶配普拉多的；似乎是两人年龄上的差距让她感到了屈辱，她愤恨于一个小伙子对她的蠢蠢欲动；也似乎是她被她自己的欲火吓着了。似乎是，似乎也都不是。从此罗哥开始明目张胆地追求她，给她送花，给她买盒饭，发出莫名其妙的邀请，在候机楼前的停车场演戏一般地表演着他夸张的爱情——没准就是演戏，网约车司机们是观众，他知道自己在被围观，卖力地排练这个噱头般的角色，并且也因此粉饰了他自己都难以直面的欲火。她没有再给过他任何机会，就像如今被"限高"着的她，停在机场，却不被允许乘机。

小伙子的热情渐渐熄灭，他们本来就不是持久燃烧型的。但是，今天目睹了这场车祸，吴尤莉还是认定自己可能难辞其咎。罗哥一定也看到她行驶在后面了，于是，为瞬间的跑神付出了代价。这个念头令吴尤莉不停地发抖。

客人是一对情侣。两个人上车后都咳嗽不断，尽管这样，还要用明显充了血的嗓音喋喋不休地吵架，搞得吴尤莉烦躁不已。拉完机场的这单活她就回家了。还不到六点，往常这个时候正是接单的高峰期。一个月必须在线至少两百小时以上，每月最少完成四百单，这是平台对她的要求，但是今天她没法干了，觉得自己像个命案在身的逃犯。

吴玉福不在家。七点多钟吴尤莉叫来了外卖，敲他卧室的门，发现门虚掩着，里面空无一人。这时候她才想起去翻看手机微信，然而，吴玉福的那条信息显示撤回了。她拨他的号码，对方已关机。不知为何，吴尤莉感到了空前的焦虑。当然，她没那么牵挂他，至少看上去是这样的，至少，父女俩之间从来都表现得像是管你爱在不在的样子。但是此刻吴尤莉感到了从未有过的不安。她想，可能是那场车祸导致了她情绪的紊乱，但觉得又不大对，她不是没见过酷烈的现场——肝脑涂地，那条硬汉横在二十七层楼下的场面，她也是领教过的。房间里黑黢黢的，吴尤莉没有开灯，一个人枯坐在客厅的沙发里。

十点半的时候，吴玉福的电话打了进来。

"我在武汉了。"他说。

"武汉?"吴尤莉下意识地确定了一下日期，"现在?"

"对，刚下飞机。"

"武大的樱花开早了?"

"我们几个老同学约好一起跨年。"他说得有些不情不愿。

"跨年?"

"对! 20年代了!"吴玉福大声说了一句,随即挂断了手机。

6

第二天吴尤莉没出去跑活。她觉得自己病了,嗓子痛,鼻子闻不到味儿,四肢无力,好像还有点发低烧。网约车司机也有自己的群,她躺在沙发上不时翻看,果然看到了罗哥的噩耗。死了。这竟然令她有股尘埃落定的轻松感。群里还在散布一桩凶案。一个女人,横尸昆明池,年轻,不,老女人,光着身子,或者半裸……司机们相互交换着并不一致的说辞,人人都像是掌握了一手消息。只有一点是确凿的:此刻,一具不知名的女尸要比横死了的罗哥引人入胜得多。警察已经在机场调查了,他们怀疑死者可能是从咸阳机场落地的旅客,网约车司机们,有重大嫌疑。群里面散布着的,与其说是恐慌,不如说是快活。有人打趣,质问他人还不赶紧去自首,有人追问到底是个年轻女人还是个老太婆;反正二十六号晚上拉活的都没跑！——这句话让吴尤莉的心骤然悬了起来。她甚至看了下手机的日历，认真估算，昨天，前天，这么倒推回去，终于确定，那晚是谁去机场拉了最后一单活。

她去吴玉福的卧室，想要得到某个说法，才意识到他已经走了。她拨通了他的手机，"喂"了一声，竟不知从何说起。

"你有事？"吴玉福问。

"没有，"吴尤莉感到嗓子干涩，有种火辣辣的刺痛，"今天二十八号。"

"对，我们先聚聚，有些外地来的老同学陆陆续续到。"

"你都好吗？"

"我？"

"武汉冷不冷？"

吴尤莉难过极了，突然就涌出了眼泪。她从没想过自己会如此难过。

"和西安差不多。"

"你衣服带得够吗？"

"不冷，我穿着大衣呢。"

她知道那件大衣，灰色，羊毛的，他穿着比易中天还像个教授。

"那就好……"

她抽泣着终止了通话，因为实在说不出更多的话了。

她下了楼，钻进卡罗拉里，好像此刻一个狭窄的空间更能让她感到安全。老旧小区，没有规划的停车场，业主们的车见缝插针地塞在公用路面上。一个七八岁大的男孩正耐心地鞭笞着这些给人添堵的家伙——他远远地这么干过来，手拿一截不知从哪儿捡来的破麻绳，一辆接一辆，绝不放过地抽打。她打开了车里的广播，这个动作本身就带有对抗性——平台规定，载客时不允许开广播。下意识里，她已经开始和什么事物较起劲来。广播里有她不知名的乐曲响起。古典音乐，交响曲。她看到了那卷遗落在副驾驶座下面的报纸，捡起来，心无所属地翻看，不过是给自己找件事做。循序渐进，男孩干到她的车前了，看到车里有人，手里扬起的鞭子犹豫不决了。在她鼓励性的目光下，他对着卡罗拉的车头抽了两鞭，然后笑着继续干他的活去了。她体贴地为男孩着想，也许是他手里那截麻绳太过奇怪，身在二十一世纪的城里孩子压根无从识别，于是，策马扬鞭，某种古老的人类经验被神秘地唤醒了，令他激动地应用了起来。她觉得自己这辆车也真像是被鞭子抽打过的马，倏忽就委顿了。后来，她把驾驶座的椅背放低，半躺进去，昏昏沉沉地睡了一会儿。在深深浅浅的睡意里，在时起时伏的乐声中，她成了一艘正奋力穿越着凄苦海峡的、破浪的巨轮。

2019年，12月28日，从这天起，吴尤莉开始了焦虑的等待。她在等一个电话，当然是来自警察的。她差不多已经在心里决定了，她会告诉警察，二十六号晚上是她去机场接的客人。显然，这个谎言一点也经不起检验，他们有太多的手段可以将其戳破。但她决定了，无论如何，这个谎她是要撒的。她认为，这是一次重要的报偿，至于报偿什么，她也一下子难以捋清。是为了女人田冰茹对男人吴玉福一生的背叛吗？是为了父亲吴玉福馈赠的那辆丰田卡罗拉吗？不不不，即便都沾点边，但绝对没这么简单甚至是——下作。没错，就是"下作"，这个词蹦到吴尤莉脑子里，全然否定了她能想到的那些动机。因此，她也小心翼翼地触到了"下作"的反面，那个她感受起来都会万分犹豫的——纯洁。像是遭遇了难以启齿的情绪，三十六岁的吴尤莉，决定撒一个弥天大谎，有生以来第一次切近了一种自己没有体会过的情感。她也好像突然理解了吴玉福将自己的名字与田冰茹镌刻在同一块碑上的理由。那是生命本身的奥秘。

在二十一世纪10年代的最后三天里，吴尤莉陷入双重的想象中。她一边想象着一个负案在逃的凶手——有一张剃了半边胡子的脸；一边想象着一个毕生忍辱负重的男人——常年给小区里的流浪猫投食。她感到了自己的同情，这种同情是不具体的，它是弥散的。怀着同情之心，她还想到了自己的亡夫，想着有朝一日，也把自己的名字和那条硬汉的名字刻在一块碑上。墓碑上的字总是让人感到有些妄自尊大，但死都死了，还要怎样呢？甚至，她还想到了罗哥，想到了那根伸在自己嘴里激烈搅动着的舌头是多么地富有宝贵的生命力，富有人的道理。

警察的电话始终没有打来。吴玉福却打过一次。

"我给你买了套房子。"开宗明义，他在手机里说。

她能听到手机里喧闹的声音，一群老人发出的青春新声。肯定喝酒了，他们肯定还喝了不少，南腔北调，荒腔走板。

一瞬间，她竟笑了。

"我不要你的房子。"她说，又补充道，"你好好的，就好。"

"房子还不错，"他自说自话，有些慷慨激昂，"在昆明池，能看见沣河。"

她都能感觉到自己的心开始下沉的响声。

7

吴尤莉在新年得了场此生最严重的病。她觉得是感冒，但又不太像。她从没想过一场感冒会如此凶狠地撂倒她。最难熬的几天，她把家里所有的被子都压在身上，可还是冷得不停打摆子；而且病程也超长，差不多半个月后她才感觉自己活过来了点儿，如同九死一生。她在病中问过父亲的归期。她并不想问到这个问题，其实还想回避掉这个问题，但有些问题如同是被规定好的铁律，必须要去执行，就像当你有一个离家在外的父亲时，你就只能问问他什么时候归来。吴玉福在手机里说"快了"，人却是迟迟未归。这些天吴尤莉还偶尔想起过母亲，气血两虚的她突然觉得母亲这一生的荒唐之中也有着一种类似于荒凉的美，作为一个不幸身材粗壮的女人，她活得该有多么地用力。

2020年1月23日，武汉封城。吴尤莉在电视上看到的新闻。新闻中说：这是人类历史上的第一次。她拆开了一把三星电动剃须刀的包装，把里面的机器摆在卫生间的面盆上，就好像剃须刀的使用者刚刚离开，或者即将到来。

同一时刻，新婚的胡晓虎挤在已经有人戴着口罩的地铁里回家，他将在辉煌的时代里学习如何克服厌婚的情绪，嗯，这是人类的第一次；身在大理的段欣慧一边有一搭没一搭地收听着新闻，一边做出决定：不出意外的话，等到解封之日，她就在第一时间赶回武汉，回到父母的身边，回到生活本身中去。远处的洱海风平浪静，是该结束这无尽的旅程了，她想，我历经了路上的一切：抢手机的歹徒，飞机上内急的邻座，乃至古怪而热情的网约车司机。

2022年1月22日

辛丑腊月二十

酒后香都东岸

代后记：

让故事成为事件，让事件成为装置

李音　弋舟

弋舟：李音好。显然，我们这个对话稍微滞后了一点。这本集子定名为《辛丑故事集》，说明有个时间上的规定——它需要在辛丑年完成。好在滞后得不算那么过分，而且，这"不过分的滞后"还些许缓释了来自时间的压迫，令人如同冒犯了铁律，反倒透了口气。

李音：延迟的对话，也许反倒成就了一个"事件"。从哲学意义上来讲，事件是意外，带有"奇迹"性质，是某种逃逸、偶然之物。也许更需要被重视的恰是偶然和意外之物，不是吗？在我看来，你的写作就一直具有这种特征。

在这本集子的序言里，你谈到了米罗的画——

《女人，小鸟，星星》，如果我没有理解错，你的意思是，从某种意义上讲，是画框规定了这幅画，由此艺术作品才得以诞生，交流也才成为可能。现在，我们壬寅年谈论辛丑事，异曲同工，同样是在时间的画框外去看一件以时间命名的作品。一切都恰逢其时，而"事件"，正是我今天想要讨论的话题之一。

如你所说，《最后的晚餐》里耶稣与门徒的故事，代表着曾经被给定了的、稳固的世界，以及将隐喻都彰显出明喻的人间，如今一切坍塌、破碎，现代绘画似乎只能在被画框聚拢的空间里表达与呈现，其内容是拒绝阐释的，乃至是弥散的，只是因了"有框"，才被赐予了一些可供我们讨论的余地。这是非常精彩的洞见，我很同意。不过我想，这里可能有一些概念，我们习惯性地使用着的词语，需要略微讨论和厘清一点，否则有些问题会谈不清楚。比如，我们（不止你我）喜欢混用"现代"和"当代"，你虽然明确了什么是"事件"，但多少还是不愿意和"故事"做个区别。在每年都出一本的"故事集"里，这一次你却在序言中讨论着"事件"和短篇小说艺术的问题，我想先听听你对"故事"的理解。

弋舟：文艺到了今天，的确是越来越依赖"规定性"了，正是有了"框定"，其品质才得以被指认和理解。对此，我们能说些什么，继而做些什么呢？一如这本集子的发生，全然是一个规定性的产物，我要求和被要求着创作一本"短篇小说集"，并且在时间上也被强加了限制，这些都是框住了女人、小鸟、星星的边框。为此，看上去当然丧失了某种"自由"，但如实说，我却也借此实现了某种创造的契机，那些涣散而抽象的情感或者情绪，被约束着显形，并且，被定名为小说艺术，不如此，它们势必只能混淆在几无差别的、浑浊的经验里。

这篇用来做了代序的文章，原本是《小说界》的约稿，其性质如同作业。既然是作业，当然就同样是一个规定性的动作。你瞧，如今的我们就是这样被"驱使"着的——但你也可以将之视为一种"驱动"，由之，积极性的一面或许便也随机展开了。而在我的理解中，"事件"不应当是一件纯然消极与被动的事，它有赖于我们略为积极主动地"发现"。有了"发现"，我们才有可能将任意的瞬间随手截取，使之升级为"事件"。

关于"现代"与"当代"的确凿分野，老实讲，我也是大而化之的。无论"现代"还是"当代"，在我，它仅仅是用来区别于"破碎"之前的那个世界。在那个完整的、行将破碎的、正在破碎的世界里，"故事"一定不是"任意的瞬间"，它始终是某些"特定的瞬间"，一如最后的晚餐中耶稣与门徒们所经历的那个时刻；当一切破碎，"故事"也随之弥散，我们于是被迫在所有的瞬间里去"发现事件"，而"事件"本身，全然是虚妄的，是构成河流的水，乃至是水的分子式，它只有在"被发现"中才得以成立。在这个意义上，将这本集子叫作《辛丑事件集》，可能倒也合适。

李音：你说的我全部理解，还可以夸张一点地讲——深感共鸣。我不是一个严谨的人，更不是概念控，只是今天要谈的问题，可能有必要强调和借助一些概念。在文学领域，最重要的历史分野是古典和现代，到目前为止，世界范围的文学通用定义上，我们处在"现代文学"的时期，所谓的当代文学，在中国有特定的含义和性质。但是法国学者让·贝西埃提出，现在有必要为当前的文学新趋势提出新的命名——"当代小说"，以区分现代主义的和被描述为具有后现代特征之类的文学，他认为"当代小说"的创作趋势、主题和理念、思想和范式、其全球文化背景和问题性等特征，有必要被视为一种具有革命性的变化，需要进行分析和凸显。不论是观察近几年的中国小说，还是国外的状况以及一些现象级的文学新事物，我们显然对他所描述的趋势是有所感知的，但是这个"当代小说"的概念好像还没有被广泛地接纳使用。

在此，我只是想反向强调"现代文学"在当下普遍延续的适用性，尽管，我们早已在口头上认可了自己生活在当代的这个事实。在艺术界，现代艺术和当代艺术是被非常明确区分了的。1917年，杜尚的小便池作品《泉》是一个标志性、肇始性的事件，20世纪下半叶以来，不仅传统美术遭遇了来自印象派的危机，而且抽象艺术以及各种前卫艺术、工业制品等对艺术领域的入侵或瓦解，都在逐步消解19世纪的艺术制度和审美规范。当下我们去看艺术展，最惹眼的肯定是各种装置艺术与行为艺术。当代艺术和传统审美是割裂的，这也是大众和当代艺术有着较大接受距离的原因。话说回来，经典艺术也和大众审美关系不大，因为个人的趣味左右不了经典的地位。想想还是蛮悖论的，但大家就是觉得"看不惯""看不懂"当代艺术，甚至觉得当代艺术看起来都是一些莫名其妙的东西，总之和"美"是没有关系的。这只是因为对于当代艺术，你无法用现代艺术的逻辑、范式、审美去有效地感受和阐释了。

问题来了：一方面，我们总觉得文学尤其是小说的创作没有新突破，似乎有些作品也不差，然而整体来看，文学界便显得了无生趣，乃至需要呼吁"革命"；另一方面，我想问，大家是否都对新的小说有审美准备或预期？如果说有一种当代小说，一种有新技术、新质素的小说出现了，我们是否会像对待当代艺术那样，发生审美的失效和错位？在我看来，"故事"和"事件"的区别就非常近似这个问题。

弋舟："大家是否都对新的小说有审美准备或预期？"这几乎是一个根本性的诘问了。那么，有了吗？大约是没有。而且，我也不大能够相信这种准备和预期会时刻为我们预备好，那来自学院严格的训练，同时也严重地依赖天赋。

但是我想，有时候，我们是否也夸大了新与旧、古典与当代的差别，如果这种夸大的确存在，我们不妨纠正一下：是不是可以这样说——古往今来，所有合格的创造者都在经历着对于往昔的反动？于此，我们往往会放大昨日的威力，将其视为某种"代"的庞然大物，由之，视自己的反动为有力。可能我们不过只是动了早上那位创造者的奶酪，却不由自主地想象为推翻了一切人类盛宴的桌子。正是在这样一次次几近妄想的假设中，人类既往的经验被愈推愈远，终于弄到了让·贝西埃所描述的那番境遇，不得不在"现代"之中找出一个"当代"的边界。对此，我真是有些为后人发愁，古代、现代、当代，都被我们征用了，他们将如何描述自己的境遇？当"故事"变得无效，我们找到了"事件"，假以时日，"事件"也不足消愁，是否意味着一切古老艺术的消亡？

前不着村后不着店，好在我们的时代还有着相对稳定的"画框"，虽然这个"框子"本身的意义都渐渐大过了它所框定的内容，却至少还给我们提供着纠结不已的可能。我可以用《辛丑故事集》这个框子框住几个在我而言别具意义的瞬间，也因了这个框子，传递给我的读者们几个别具意义的瞬间。如果，当他们在这些瞬间与我达成了意义的共鸣，我们是不是就可以这样去想象了：某种对新的小说的审美准备和预期开始悄然发生了。当然，这种想象必定只是所有妄想之一种，参与的趋势也不过是人类轰轰烈烈地迈向更为破碎的破碎。

李音：强调边界或断裂，只是为了廓清和凸显我们要讨论的事物的权宜之举。"断裂"都是人的回溯性发明，时间之流哪有中断之处？历史也没有截然分明的进程。针对我那个随意而鲁莽的想法"大家是否都对新的小说有审美准备或预期"做一点点补充：经典艺术有一个名称叫作"造型艺术"，显然，这个称呼已经有点削弱其神圣化的意味和效果了，这也暗示着适于理解现代艺术的经典艺术理论和批评，面对当代艺术，阐释未必一定不恰当（对阐释还是要留有开放性的态度），但一定会变成拙劣的、不称手的工具。

我关注的是与事物相匹配的思想工具。你反复说的"框"，可以理解为一种"艺术场域"，场域和艺术（事件）互相生成。当代艺术与现代艺术的另外一个分野就是艺术边界的突破，何为艺术及其标准开始成为悬而未决、持续不决的问题。所以，场域就成为一个重要因素。普通的行为、日常之物，由艺术家来处理，放进艺术场所，被艺术家署名，性质就会改变。当然，真正的艺术和艺术家也不是随便胡闹的。你的小说就给我一种强烈的装置感。

当代艺术与传统造型艺术最大的区别之一是其高度的理论化、依赖概念，不同于传统的叙事性、形象性，与各种社会理论、哲学思想交互颇多。与其说当代艺术倾向于表达某种思想和情感（故事性），不如说很多艺术作品本身意图成为插入世界、介入社会的一个"事件"。不能说你的小说不讲故事了，但从小说技术和作品特质上，我认为它们更接近当代装置艺术作品。

弋舟：这本集子里的作品"更接近当代装置艺术作品"，对于这个判断，我衷心拥护。让我略有迟疑的是——如你所言，它们也是"高度的理论化、依赖概念"的吗？如果是，那么我得警惕了，无论如何，这都不是一个我愿意发生在自己写作实践中的事实。相反，在很大程度上，我还期待自己是一个"没有理论、忘记概念"的家伙。在下笔的每一刻，都寄希望于"偶然"，最终让理论与概念为框，在它们的一框之下，我所写下的东西才侥幸成为了"艺术"。最准确的描述是：我只凭直觉触摸整全，但依然活在破碎的现实里。

李音：我在以当代艺术现象互证文学现象，即便你的小说充满理论，我认为也大可不必立刻拒绝。好的文学作品和理论概念含量的多少没有必然关系，但充满理论性也不一定必然就是坏事，想想福柯、罗兰·巴特、本雅明吧。你在小说"织体"中通常会植入一个概念，譬如"刘晓东三部曲"的第一部中用了海洋学的"等深"，《化学》用了化学的"键理论"，这些概念和以往我们所说的意象、隐喻等有相同之处，但性质却是判然有别的。理论概念等于为事和人重新划定一个"框"，一种理解和认识的新框架，会让事物的性质瞬间发生变化。一件寻常之事，一个也许不构成蕴含深意的丰富的情节，因为这种异质性概念的植入，却变成了一个使人不得不去瞩目的"事件"。可能，如果没有这两个概念，《化学》与《等深》，一个会变成散文，一个会变成通俗故事。

这些概念，与你要保持的"直觉"（背后还是强调着"感觉"，再推及背后，就是一整套文学观念），看上去构成蛮强烈的冲突，但这个冲突与异质化的效果是重要的。某些本来不属于感觉范畴的、不具有文学性的词语，植入故事中，却改变了文本的质地，同时也为术语自身赋予了某种文学性。

当代艺术对边界的扩展不仅依赖新的科技手段，也特别喜欢具有某种文化世界主义，就是进行各种学科思想的融合，风格、材料、形式，混搭、交叉、拼贴。如果将你的小说比附艺术，就是这种依赖某种概念的装置艺术——核心概念既构成了题眼与机巧，又构成了一种可被称之为事件的"框"。这与你是艺术家有关系吗？我看过一些你画作的照片，蛮喜欢的，同时也启发了我对你小说的想象。还是禁不住老生常谈，再为难你一次，但我们不去谈艺术的"通感"。

弋舟：如果没有理解错的话，我们现在所说的"概念"约等于"意象"，你将其强化为"概念"，是富有力量感的。这个"概念"即是对于"意象"的升级，指向"一种理解和认识的新框架"，它甚至是直接对现代科学知识的征用，而这种征用本身，正是基于准确表述我们"当下感"的需要。如果说，"意象"还颇有古典感，是对于既往经验的陈旧使用，那么这个"概念"，就是迫于当代处境，我们不得不展开的新的努力。在这种努力之中，人文也许会反哺强势的科学主义，在一定程度上重新整理世界，使其至少看上去有了一些再度被认知、易于把握的可能。

我也不好再三摆脱自己"艺术家"的嫌疑，我想说的是，当科学都被我们用来武装小说时，所有既定的身份，或许都不那么重要了。

李音：《辛丑故事集》里，第一篇的"千禧年钟声"，第二篇的"化学键理论"，第三篇的"鼓楼"，第四篇的"宇宙瀑布"，第五篇的"海浪"，第六篇的"德雷克海峡"，都具有同样的"装置"效果。只不过方式有所变化。比较而言，"海浪"和"德雷克海峡"，我觉得在文本中的使用更具装置的典型性。

弋舟：最后这两篇是同一个时间段写的——西安疫情封城的时候。也许，特殊时期，作为写作者，这种"装置性"更能对应我彼时的情绪吧。当世界变得格外具有不确定性的时候，新的表达方式会成为潜在的需求。

李音：《拿一截海浪》和《德雷克海峡的800艘沉船》具有不同的精巧结构，与集子里的其他小说不同，其设置的参照物——装置本身，就是一件具有"文学性"的作品。

从隐喻的意义上讲，《拿一截海浪》可以理解为一个失败的男人、不称职的父亲，远离故乡闯荡海南，又从海南返回故乡，带了一件制成"一截海浪"的砗磲工艺品给女儿做结婚礼物，其颠沛流离、一事无成的沮丧和恐慌感，被路途中遭遇的群峦起伏、排列有序的山峰瞬间拯救。群山如同海面上涌动的波浪，命运看起来不能更糟糕了，但此刻，无意拆开的这个命运的盲盒，却让人收获到了顿悟与抚慰："不过是从一片海去了另一片海"，"不过是从一片海回到了这一片海"。

《德雷克海峡的800艘沉船》含义显明，没有人真正在凶险神秘的德雷克海峡及其上空航行着，但我们普通得不能再普通的生活，其实一点都不比海难与空难少一分惊心动魄，运气全然无法把握。

这两篇小说在虚与实和轻与重之间搭配得非常特别。更具特色的是，"一截海浪"的"概念"以一件砗磲"艺术品"的实体出场，灵感来源则出自诗人蒋浩《悼亡友胡续冬》中的一行诗：其实，我想拿一截海浪，因为住在岛上，周围全是浪，浪，浪/浪与浪之间全是互问与互否。你也在小说结尾处注明，"本篇的题目，出自诗人蒋浩的《我辈复凋零》"（出于对故人的尊重，特意取了蒋浩诗作的题记作为题目）。在工艺品和诗歌的双重符号上，这"一截海浪"均已经是一件艺术品，本身带有自己的意义和场域。德雷克海峡则可以理解为一件常见的当代媒介影像作品。有关神秘的德雷克海峡的灾难传闻，各种跨时空的，不限时效、不控渠道传播的数据和报道，其本身就独立构成一个事件，而且语义不清，充满着暧昧怪异的文学性。

这两个完整的"文学性"的装置对小说的嵌入，作为语言材料拼贴混搭以后，使小说要讲述的故事具有了多次意义回流和意象叠加的效果，不是互相阐释，而是好比物体被映射到一个混杂不清的感光底片上，且被多次地重复冲洗和曝光。人对命运不断地观望、回溯、拯救，观众是在这种叠加的影像中，多次分辨后，才看清命运的面庞。

蒋浩的诗歌是献给早夭的挚友胡续冬的，非常感人。但"一截海浪"在这里本身就是把大自然"装置化"了。杜尚可以将日用品作为艺术品，这一次你搞大型山水装置。参悟山水，映照生命，本是中国人的长项，但你和古人有着不同的招数，在注重"当代化"这点上，你和蒋浩有着共同之处。

弋舟："拿一截海浪"是对诗人蒋浩诗句的直接转用，如你所言，那首诗本身便感人至深，我很难说清，是整首诗的力量使得这一句熠熠发光，还是这一句本身便自带光芒。现在，我似乎更倾向于后者——这五个字组合出的汉语效果，本身便足以对我构成文学的驱动。

"德雷克海峡"的意象完全源自一则新闻。2019年12月，参加完中国作协主办的博鳌论坛，我在返程的飞机上读到了这则新闻。当时一定是受到了某种感召般的触动，如今我已经很难回忆起具体的动机，唯一确凿的是，我用手机拍下了《环球时报》上的这则新闻，现在照片依然保存在相册里。时隔两年，昔日从海口飞回不久，疫情便在武汉爆发了，当我决定写这篇小说时，恰是西安封城的日子，我难以说这其中有着什么难测的天机，而事实则是，我又的确从中仿佛窥见了"命运"。小题大做吗？可能会有一些，但具体到一次写作，这借由一则新闻连缀着的两年时光，于我而言，却真的堪称重大。我给自己留下了一条线索，尽管不知最终会如何按图索骥，但当两年前我在飞机上摸出手机对着一张报纸拍照时，一定是怀着某种确信的——我相信，"所有的瞬间"都将成为"事件"。

现在回顾这两篇小说的创作过程，也让我进一步厘清了自己的某种创作路径，那也许就是你所说的"装置对小说的嵌入、作为语言材料拼贴混搭……"

李音：由于艺术作品替代抽象概念的置入，这两部小说具有了双重的虚构性。日本学者小林康夫有一个深刻的洞见，他说，文学书写的语言"不单是将虚构的现实赋予现实中不能发生（没发生）的事件，它既是现实亦非现实，毋宁说，它是一种具有独特的自身结构的语言。在此，二元对立的区别丧失了意义，而这便是文学文本。我们在说某个文本的文学性时，其实说的是关于文本组织生成的事件，即我们发现它具有独特的时间结构"。接下来，他的观点更是令人顿悟，"我们不妨说虚构的其实是能够在现实中真实发生的事件，只不过还不具备其发生的场合。或者我们也许换一个角度去理解，事件的本质并非现实的，而是虚构的。不论是哪一种事件，如果是真实的，我们就将其本质视为文学性的。"在他看来，文学就是语言事件，文学就是事件生起的场，在这个意义上，文学就是我们存在的根源性形态。那么好了，人类注定需要文学这门技艺，只不过需要不断地去发明。

弋舟：小林康夫的观点真是给人提气，尤其在文学被普遍唱衰的时刻。我只是保守地认为"事件"有待于我们的"发现",你则干脆给了文学一个更高的荣誉——发明。这是"再造"一个世界的勇气,是犹如创世一般的魄力。

李音:是的,也有很多人讲过文学的"发明性",但小林康夫的表达最具"神性",如同圣谕。小林康夫说人发明了文学这个技艺,我觉得要不断地发明,因为小说的思想和技艺需要不断地"当代化"。

这本集子中那些小小的"事件",带有故事的模样,但却没有"故事"通常所有的因果、意图、预测(包括其背叛、翻转),而是瓦解一些观念以及生活的结构,使之具有突发性,发生之后,才可能回溯性地产生若干关联性的理解。按小林康夫的观点,这就是事件,没有发生之前,没有所谓的预计的事件的场域,没有经过文学书写之前,便不存在。也许《辛丑故事集》真的应该叫《辛丑事件集》,这是我们生活中的奇迹,尽管它们灵光乍现,转瞬即逝。

弋舟:如此一来,叫做《辛丑装置集》大约也勉强可行。无论"故事"还是"事件",可能都是对于平滑时光人为地"崎岖化"。如果人真的具备了"发明"的能力，大约他是不需要额外从时光中遴选特殊材料的，每一个变动不居的瞬间，一经截取，都将成为奇迹。

李音：你看，小说家总爱强调文学艺术的"自然化"，但你的实际写作不是这么一回事。我不迷信"自然化"，效果上最自然化的作品，恰恰需要最讲究的技艺，遴选材料和截取瞬间都更加考量小说家的眼光（思想）。这本集子里的小说并非常规截取，自然也不是常规故事，你书写的多少都是一些难以归类与划分的经验和事物，深具破碎感，人和事、事和事的关系链条虚弱，不具严密的可"叙事性"，说其很难常规分类、划分，也就意味事件本身难以清晰阐释、难以结构。这就特别需要妙思和巧工将其容纳在一起，构成一个场，一个事件。无论是借助于科学术语，还是像"一截海浪"和"德雷克海难"这样的文学艺术品，都是非常巧妙的机关，它们构成了事件的场域与隐形的框。它们是意象，又不仅仅是意象，主要作用不是用于互相阐释。这就是你的技艺，这种技艺对于书写溢出我们生活常规结构之外的经验和遭遇，是契合有效的。而且，它还不是颠覆、反转我们的常规故事、现有经验和观念，我甚至觉得它也不是另外容纳进某种零碎器物，而是临时搭起了一个场域般的景观，旋生即灭。

弋舟：旋生即灭，方生方死，当然是这样的，那个"自然化"需要有"发明"的眼光与技艺。但我怎么好意思自诩已经部分地拥有了这种眼光与技艺？我甚至会猜测，那些完全具备了这种"发明"特权的家伙，必定会痛苦不堪吧？嗒，想象一下：他们要毫不停歇地面对每一瞬间都一览无余的、意义陡峭到几乎令人难以忍受的世界。

李音：所以天才总是少数，才华要承受相应的重荷。我之所以想到容器这个意象，是想到一个典故：古希腊人把人类划分为希腊人和野蛮人，柏拉图认为这是错误的，因为野蛮人并不是被正面界定的种群，这个概念无非是指那些不是希腊人的人，所以野蛮人是一个似是而非的容纳那些非希腊人的容器；国际学术玩咖齐泽克说，以此类推，马克思所说的亚细亚生产方式也是类似的容器，无非指的是地球上那些不符合欧洲的生产方式。这些容器都是负面概念的，一旦被容纳进去，就构成了对变动不居、朝生暮死的偶然性的取消，将其形式化、结构化。各种负面容器造成的认识和实践误区可大可小，亚细亚生产方式这个概念及其连锁效果，我们要费很大劲才能去蔽。在这个角度上，我特别看重文学"事件"，不是颠覆，不是解构，而是保持偶然性和开放性。起初，我感觉你的小说装置化是一个有意思的技艺，现在我更看重这种开放性阐释场域的价值。就是说，这些术语并没有对人和事构成一种强力的阐释枷锁，只是一个参照装置。我觉得这很当代。

《敲开千禧年的最后一声钟声》《鼓楼》《瀑布守门人》，对事物都没有评判，人物行为随起随灭，也没有特别明显的要书写出意义的努力，对溢出常规的行为、扯不清的情侣关系、荒唐的父母情感生活等等，均抱持着不具对抗性的理解，甚至与"理解"相比，小说更愿意让千禧年的钟声响起，让大型流星雨这种宇宙景观，让无处不在的鼓楼意象去映照事件。

《瀑布守门人》比另外几篇小说还多了一些和解性与疗愈性。莎士比亚在《仲夏夜之梦》中说："想象使无名之物具有形式／诗人的笔给了它们如实的貌态／空虚的无物也有了居处和名字。"这些话适用、也不适用我刚刚的想法。当下这些破碎崎岖的经验，经过文学书写，也许会有一个保持变动性的映照或命名。

弋舟：将对象与他者"容器化"，隐含着的，是不公正，至少是不平等的姿态，如果没有理解错的话，这样的姿态我一定是要反对的。这无关道德立场，仅仅是有违我对小说这门当代艺术的理解——那么做，太轻易了，缺乏应有的难度。"很当代"在这个意义上，我承认首先是一个对于"难度"的强调，这种对于"难度"的确认非常必要，唯有如此，才能平衡杜尚把小便池搬进美术馆这个看上去确乎轻易的"发明"。给小说一个开放性阐释场域的价值，这种内在的自觉，基本上我们是不会亮明的，但它必须"内在"，并且"自觉"。我们是不能够允许自己凭借着"有意思的技艺"，将自己的所为之事降格成仅仅像是一个噱头。

在这本集子中，《瀑布守门人》是显得比较特殊，它除了相对"完整"，也更具"妥协性"。你知道，写这篇小说的时候，我们正关在怀柔评奖，而保持一定的"完整"与"妥协性"，几可视作我身为评委时对自己的提醒与告诫，这个时候，我们得暂时忘记莎士比亚。

李音：技艺有时候是噱头，有时候意味着思想。《瀑布守门人》有"柔软"的爱，也有点中产味，很合适放在丽江啊。我其实也挺喜欢这一篇，最后出来的"宇宙瀑布"这个说法给小说注入了一些壮阔。毕竟现在人类确实正在向着宇宙挺进。

弋舟：这篇小说正是关于丽江的一个作业。三月份，《小说月报》组织了八位作家一起写"有丽江元素"的小说。八个人结伙去了丽江，回来后欠下八份作业。五月份在海口（这本集子似乎跟海口飙上劲儿了），田耳，黄德海，我，在一家卖烧鹅的小馆子里喝酒。一贯奇计迭出的黄德海倡议：三个人，分别以对方的旧作为名，各自写一篇新的小说。爬梳一下，就是：我写一篇田耳写过的，田耳写一篇黄德海写过的，黄德海呢，写一篇我写过的。没错，就是一个圈，或者一个闭环。三个人可能是被海南的热风吹晕了，可能是被火上浇油的酒搞傻了，竟均无异议。总之，我认领了田耳的《瀑布守门人》。这些全是随机性的，但写着写着，我认识到了，终究，当你在写一个短篇小说的时候，无可救药，你就是被规定了的。除了男人和女人，其实，我们在小说里可以结构的角色关系，并没有太多的余地。尤其是，当你已经写出一千五百字之后，你的余地就更加逼仄了。是的，我所能写下的，不过是一个老套的故事，一如人间的那些事儿，有"柔软"的爱，也有点中产味，等等。和每一次的写作一样，你只有不断使劲儿，在规定性中，看看能不能搞出些随机性。值得庆幸的是，在那个海口的闷热黄昏，我晕头晕脑认领下的，是田耳创造出的这样一组词：瀑布守门人。不是吗，这组词本身就是对于规定性的一个漂亮的反动。为此，小说还没写完，我就迫不及待地、慨然以题记的方式，在篇首写下了郑重的献词——本文致敬老田。

　　我想，在这个短篇小说中，完全是有赖了这组词，我才重拾信心和耐心，又写了一遍世界的规定性强压在我们身上的巨大伤害，又写了一遍那种伤害着我们的规定性，原来有相当一部分是源于我们的"自重"——我们本身，就是自己的施压者。我们受制于自己强劲的欲望与爱莫能助的软弱，对此了如指掌，只能盼望夜观天象，在一场星空的高潮里，短暂地、心悦诚服地去做回一个平静的小孩。

李音：我记得你们在海口商量同题小说的事。《瀑布守门人》写作最终定稿的时间是在七夕节，除了致敬老田，这本集子扉页的献词是"献给20年代"，看上去轰轰烈烈，有如情书一样，说说你的动因？

弋舟：其实也没有那么玄奥，"人间纪年"这个系列写到第四本了，循例，每一本我都郑重地写下了献词，用以承载我个人的情感而已。这一本"献给20年代"，看上去壮阔了一点，但我觉得也还能映照自己的一己之情。这个认领是写到最后一篇小说时才涌现的，它是小说中的一个情节——在微信群里，有人没头没尾地说了句"所有世纪的20年代都辉煌"，那一刻，是2019年的年末，距离"辉煌的20年代"仅有一步之遥。当我写下这个情节的一刻，突然就决定了这本集子将献给谁了。就献给时光吧。何况，这个系列的创作本就是借由时光之名。小说中，我写到了疫情，这是世界迈入20年代门槛后遭遇到的最大事件，延宕两年，辛丑岁末，我又在亲历着武汉封城之后中国最大规模的一次封城，凡此种种，似乎心情不"壮阔"一点都不行。现在看，这个献词与这本集子是协调的，当我写出第一篇《敲开千禧年的最后一声钟声》时，也许这个献词就已经在结束的地方等着我了。一切都关乎着时间，我们就是这样难以摆脱即便是略显矫情的对于观念的依赖。我们早已被一切命名，不过是妄图去命名一切。

当然，写下这个献词，我仍旧难以信任自己已然身在辉煌之中；但是，既然写下了这个献词，那么，我便全然相信自己已然身在辉煌之中。

李音：把小说集献给一个年代，令人有莫名的感动。我不太清楚究竟所有的20年代到底有什么共同的辉煌，但隐隐感到自己迈进的这个20年代，可能意义非凡。据说一些哲学家预言传统生物学和社会学意义上的"人"要完蛋，那么，像我们这样昼夜谈论文学，基本就是前未来动物的行为了，很古典。

对于何谓"事件"，阿甘本举过一个例子：两人满怀激情的相遇相爱，会转变人的一生，由此开创共同生活，这次相遇就构成一个爱的事件；同样，当一次偶然的社会叛乱催生出新的普遍解放愿景，开启了重塑社会的进程，这次暴动就成为一个政治的事件。而你，视"当女人以某种方式朝你张望"为一个文学的事件。

仅就历史、社会观察而言，从稳健持重的史学家霍布斯鲍姆到激越的哲学家齐泽克，都从不同角度出发，认为我们身处的时代是一个去政治化、去事件化的世界，是一个正在对以往的革命性事件进行撤销的世界。公共领域在萎缩，男男女女很难变成政治上活跃的公民，世界局势看起来风起云涌、波谲云诡，但真正的、广义的政治事件的发生，并不乐观。齐泽克讽刺资本主义世界每日迁流不息，就是为了让一切保持不变，事物层出不穷的变化，也是为了让一切不变。年轻人都在"爆肝"，当"社畜"，但却没有新的解放之路，因为每个人都成为了拥有自己劳动力的资本家，自己（并非自由地）疯狂压榨自己。一些看不见的壁垒阻止着新事物的产生和真正事件的发生。生活看上去刺激极了，各种讯息和突变令人瞠目结舌，但大家又感觉所谓命运、生活都在固化……

这一切看起来也许离《辛丑故事集》有点远，但《鼓楼》一篇不是写到了吗？——人生到哪里不是"打尖儿"？不是每个城市都有鼓楼，但处处又有鼓楼。怎么定义有和没有？世界简直需要我们去参禅悟道、领悟偈子了。你的整体文学观念与感受力，以及"刘晓东三部曲"等等之前的作品，都在启发着我的想象。

真正的事件将会转变这个世界的规则，那不是简单的变化，而是开创出新的普遍原则。不过我想，也许我们应该先接受我们身在这个时代的事实。霍布斯鲍姆对将一切都以"后××"来定义很悲观，这些前缀像葬礼一样，它们对死亡做了正式的承认，却没有对死后生命的本质达成共识，也不认为死后生命的本质具有某种确定性。接受分裂与破碎，也许比简单地追求某种普遍性更重要，因为在承认破碎与坍塌中，我们将重新去定义什么是"爱"什么是"政治"。于是，从瞩目和截取一个个微型的事件开始，这很重要。就此而言，我们应该致敬自己的20年代。

但是人也不能过于执念自己的维度。宇宙和自然有其人所不能掌控的巨大的偶然性。最近汤加火山还爆发了，地球上必定有着诸多的灾难并没有被我们广泛地意识到，此刻，某个地方的某个人，也许正感觉自己的失恋比汤加火山爆发更具灾难性。《辛丑故事集》写于灾难频仍的时期，但只在《德雷克海峡的800艘沉船》中有一笔提到了疫情，而整部集子以很多自然装置——群山，海峡，宇宙瀑布，还有化学键理论，从文学的意义上回应了当下的世界与人的处境。这一切还远未结束呢。所以你看，小林康夫说得对：事件是文学性的，虚构才是现实的根源。我们需要《敲开千禧年的最后一声钟声》里的那个钟声，你说得也对，冥冥之中，这个钟声构成了一个序曲——我们需要一个个奇迹，需要某些瞬间的神来之笔。

弋舟：感动何其重要，尤其它还出自宝贵的"莫名"。致敬20年代，也许本身就是对于我们"此在感"

的一个确认，是一个当代人的"当代"自觉。在人类理性愈发捉襟见肘的时刻，没准感动的莫名升起也不失为一种方案。我们在小说中定义爱与政治，从微茫的当代瞬间中学习理解宇宙，这些努力，即便愚蠢，也自有其密码一般的效力。

现在，一本集子完成了，也许反而一切刚刚开始。

谢谢李音，和我一同展开了这次"自己（并非自由地）疯狂压榨自己"。

2022 年 2 月 14 日

壬寅正月十四

香都东岸